Helvete Åpent

Written by
Gard Sveen

ガード・スヴェン

田口俊樹［訳

地獄が口を開けている

下

竹書房文庫

Take Shobo

Helvete Åpent

Gard Sveen

地獄が口を開けている　下

ガード・スヴェン

田口俊樹［訳］

竹書房文庫

ONTENTS

PART TWO

ECEMBER 2004

PART THREE

ECEMBER 2004

PART FOUR

ECEMBER 2004

PART TWO

DECEMBER 2004

〈承前〉

第二章　二〇〇四年十二月

36

バーグマンは二階の面会室に通された。建物の西側にあるこの部屋からは、なだらかな丘の斜面に広がる森が望める。さっき頭をよぎった記憶はもう消えていた。ただの夢だ。そう自分に言い聞かせた。どこからともなく現われたただの夢の破片だ。

窓の鉄格子と天井の監視カメラ、それにドアの横の呼び鈴がなければ、昔の学校の職員室のようだった。マツ材の家具には目の粗いオレンジ色の布が掛けられており、淡い緑の壁には白木のシンプルな額にはいった柔らかな色合いの木版画が飾られていた。患者の作品だろう。割れないアクリルであるのを確かめたかったのか、ひとつの作品の表面に触れてみた。夏の草原で草を食む馬と、干し草架けに覆いかぶさるようにしている猫背の男がなかなかうまく描かれていた。なんとか読み取れたイニシャルはＡ・Ｒ《アンデシュ・ラスク》。

バーグマンの横でドアが開いた。

あの謎めいた冷笑。

ラスクは戸口に立ったまま動かなかった。バーグマンを見て、何かを思い出したようだった。その視線は虚ろだったが、口元にははっきりと生《せい》の証しが浮かんでいた。

ふたりの看護師がすぐうしろについていた。ひとりは最初にバーグマンを中に通した男、もうひとりは長身で醜い男だった。ラスクの様子からは、警護が必要には見えなかったが。逆に誰かに襲われたら自分の身をちゃんと守れるようにも見えない。そもそもこの男は弱い少女にしか暴力を振るわない。一方、彼が有罪判決を受けた暴力は、人間の所業とは思えぬほど残虐だった。バーグマンがこの病院の院長だったら、決してラスクを誰かとふたりきりにはしないだろう。

テレビのドキュメンタリーや新聞の写真で見たよりはるかに歳が行っているように見えた。これまでの年月が苛酷なものだったのはまちがいない。きわだって女性的なその顔も、十一年近くを病棟で過ごした今では輝きをなくしていた。胸に菱形のチェック模様がはいった古いセーター、コーデュロイのズボン、鮮やかな赤のサンダルという恰好で、ソックスは履いていなかった。バーグマンはかつてのラスクを思い浮かべようとした。勤務する学校の女子生徒たちをいとも簡単にうっとりさせてしまう男。中でももっとも多感な生徒に恋心を抱かせる男。もっとも大胆な生徒に家まで訪ねさせてしまう男。思いどおりにできることが百パーセント確実な相手にしか手を出さない狡猾な男。ただ、ブリンの中学校の生徒だけはちがった。彼女はラスクの家――あるいはマグノールの小屋――で何をされたか、母親に打ち明ける勇気を持っていた。バーグマンは思った――十一、二歳の女の子をただ自宅に連れ込んだというだけでも、この男はこういった場所で朽ち果てるにふさわしい。自分にチャンスがあったら、ラスクに何をするかわからない。

「その絵が気に入ったかな?」ラスクは窓の外の一点を見つめながら言った。丘の中腹の森にある何かが彼の注意を惹いているようだった。

「あんたはおれよりずっと才能がある。それは確かだ」版画の線を指でなぞりながらバーグマンは言った。「おれは版画と言えばリノリウムとジャガイモでしかやったことがない」

ラスクは妙な笑い声をあげた。

スーツ姿でノーネクタイの中年の男が、足を引きずりながら部屋の入口に現われ、イェービクのグンダーセン・ハーボー法律事務所のグンダーセンだと名乗った。名前の響きだけでも信頼が置けそうだが、実際のところ、不可能と思われたことを——オスロの法律事務所にできなかったことを——この片田舎の法律事務所が成し遂げたのだった。アンデシュ・ラスクの裁判を再審に持ち込むという離れ業をやってのけたのだ。再審請求のために必要なアンデシュ・ラスクの信頼を勝ち得たことも大きい。

バーグマンは椅子のほうに移動した。この面会のホスト役があてがわれたかのように。ラスクのほうはバーグマンと握手をしようともせず坐った。バーグマンはむしろほっとした。アンデシュ・ラスクの長く繊細な指を自分の肌に感じるのは、考えただけでぞっとした。

「これは取り調べじゃないんだろう?」

ラスクは震える手で脂ぎったグレイの髪を梳《す》いた。

「ああ」バーグマンは彼の向かいに坐りながら言い、壁ぎわに立っているふたりの看護師とすばやく視線を交わした。グンダーセンは咳払いをしただけで、何も言わずに坐った。

「正直に言おう。おれはクリスティアンヌの事件を調べている。あんたが告発されているほかの殺人については何も訊かない。暴行についても。訊きたいのはクリスティアンヌに関することだけだ」

ラスクの口元にまた冷たい笑みが浮かんだ。投薬治療のせいか、眼がまた虚ろになった。

「なぜ一度は認めた殺人を今になって否定する気になったんだ？」

ラスクには質問の意味がすぐにはわからないようだった。

「彼女が見つかった日、ぼくは泣いた」

嘘だ、とバーグマンは思った。この嘘つき野郎。彼女の遺体を見つけたのはおれだと教えてやりたかった。ラスクのような男には何ひとつただでくれてやろうとは思わないが、もちろん。

「誰が彼女を殺したか知ってるのか？　自白したのはそのためか？」バーグマンは坐ったまま身を乗り出した。

ラスクの顔に変化が生じた。数回まばたきを繰り返すと、頭を小さく左右に振りはじめた。そういう質問は不快だとでも言わんばかりに。

「これは――」と弁護士が口をはさんだ。「取り調べじゃないと言いましたよね、バーグマン刑事？　ちがいますか？」

「それとも、有名になりたかったのか？　新聞に載りたかったのか？」とバーグマンはグンダーセンを無視して言った。

「それはちょっと——」

「彼に答えさせてくれ」とバーグマンはグンダーセンに言った。

椅子の中でもじもじしている眼のまえの男——ノルウェーでもっとも忌み嫌われている男——はどこにでもいる疲れ果てた男にしか見えなかった。

部屋に沈黙が流れた。五人全員が押し黙ったまま三十秒ほどが経った。

「彼は数週間まえの殺人事件のことを知っているのか？」とバーグマンはグンダーセンのほうを見て尋ねた。

「ああ」とラスクが答えた。

「どうして知った？」

「新聞で」

「誰がやったと思う？」

またしてもラスクは自分の思いに沈み込んだように見えた。外の現実に順応できていないかのようにも。

「クリスティアンヌはあんたの生徒だった。そうだな？」とバーグマンは言った。

ラスクはうなずいて微笑んだ。またしてもあの冷たい笑み。バーグマンには場ちがいな笑みに思われた。ラスクのまなざし、手、口、足。そのどれもがそれぞれ別々の命を持っているかのように見えた。逆に、ラスクの体は生命体としてまとまっていないかのように。ひとりの人間としての機能を果たしていないかのように。

「何を教えてた？」

「フランス語、英語、それに美術と工芸も少し。体育もやった気がするな。それと工芸。それはもう言ったか？」ラスクは壁の木版画を顎で示した。

「学校での彼女をどう思った？」

また長い沈黙ができた。

「答えなくていい」とグンダーセンが言った。

「あんたは一度も馬鹿なことをしたことがないのか、トミー？」とラスクは言った。「ぼくには見える。あんたは馬鹿なことをした。一度とんでもなく馬鹿なことをした」ラスクの声は低く、やっと聞こえる程度だった。「そもそもトミーとは、いったいどういう名前だ？なぜメモを取らない？　ぼくは誰にでも話すわけじゃないんだぜ、トミー」

今度はバーグマンが沈黙で答える番だった。

「アンデシュ」グンダーセンが声をかけた。彼はそう言ったあとバーグマンに顔を向けた。「やめたほうがよかったのかもしれません」

「ああ」ラスクが言った。部屋の誰かに向けてというより自分に言うように。「やめたほうがよかったね」

バーグマンはうなずいた。さっき頭に浮かんだことが甦《よみがえ》った。おれが見たのはなんだったんだ？　おれ自身か？

冷たい手がバーグマンの手に触れた。ラスクがテーブルの向こうから身を乗り出していた。看護師のひとりがまえに進み出た。

「大丈夫だ」とバーグマンは言った。アンデシュ・ラスクと眼が合った。こうして見ると、ラスクが大量の薬を投与されているのは明らかだった。どういった診断がなされているのかわからないが、少なくともいくつかのパーソナリティ障害が組み合わさっているのはまちがいなさそうだ。

「手をどけろ」とバーグマンは静かに言った。

ラスクは手を引いた。今にも崩壊しそうだった。

「かなり疲れています」と看護師が言った。

「やめてもいい」と言ったものの、ラスクは心ここにあらずといった様子だった。バーグマンは時計を見た。ハンドボールの練習まではまだまだ時間がある。オフィスに寄って一、二時間仕事をすることもできそうだ。ハンドボール……クリスティアンヌ・トーステンセンとのつながりを強く感じるのは、遺体発見時にその場にいたせいだけでなく、ハンドボールのせいもあるのだろう。彼女は市《まち》のその年代の有力選手のひとりだった。そのため一九八八年の秋、オップサルの地元クラブから、より高度な指導を受けられるノーストランのクラブに移った。ヨン＝オラヴ・ファーバルグは自分がそう助言したのだと言っていた。生きている姿を目撃された最後の夜、彼女はノーストランのスポーツ施設で試合に出ていた。

「ええ、やめましょう」とグンダーセンが立ち上がりながら言った。

「最後にひとつだけ」とバーグマンはラスクの視線をとらえようとして言った。「あんたがここにはいった最初の年に訪ねてきたのは誰だ？」

ラスクはぼんやりと窓の外を見つめただけだった。

グンダーセンは咳払いをして、そのあとオスロ警察が再審を真摯に受け止めたことへの感謝を示すかのように、バーグマンとの握手に力を込めた。ラスクがいくつもの精神疾患に苦しんできたこと、重要視すべき疾病を抱えていることを理解してほしい――そう言いたげな握手だった。

「ありがとう」とバーグマンはラスクに言った。「だけど、あんたはおれに話した以上のことを知っている、そうだろう、アンデシュ？　あんたは重要人物なんだから」

そう言って、バーグマンはラスクに顔を向けたが、彼は椅子の肘掛けをつかんだまま身動きひとつせず、鉄条網の張られたフェンスの先の黒い森を見つめていた。まるで森に焦がれているかのように。

「われわれにできることがあったら……」とグンダーセンが言った。

バーグマンは廊下に出た。またしても既視感にとらわれた。

「トミー！」

ラスクの声が面会室から廊下に反響し、隣りの病棟とのあいだの鍵のかかったドアにぶつかった。そのあとまたすぐに静寂が戻ったが、彼の声はせっぱつまっていて、絶望にひび割れていた。

グンダーセン弁護士が小さく首を振った。

「彼は……疲労困憊《こんぱい》してる」ラスクについて語ることばがもう何も残っていないかのような声音だった。

長身で醜いほうの看護師がラスクを連れて戸口に現われた。

「助けが欲しくてきたんだろ？」とラスクはバーグマンに言った。横柄な声音だった。

「たぶん」

「こっちで話そう」ラスクは廊下の端の窓を顎で示して言った。「部屋の中は暗すぎる。あっち側は嫌いだ。湖に面した部屋に変えてくれってずっとまえから頼んでいるのに、まるで聞いてくれない。なぜだかわかるかい？」

「いいや」と答えてバーグマンは思った――ドクター・フールバルゲは、自分と同じ景色が見える部屋をラスクに与えたくないのだろう。その一方で、ナイフなど刃のある道具を使う作業所での作業は制限していない。どういう理屈なのか理解に苦しむ。理解する気にもなれないが。

廊下の端まで来ると、ラスクは窓のそばに立って鉄格子の向こうの景色を眺めた。

「この世界は美しいものだらけだね、トミー」

ラスクはただ謎めいているだけの人間ではない。バーグマンはなぜかふとそう思った。そう思うと、これまで思ってきたのとはまるで異なる人間に見えてきた。数分のあいだに完全に人格が変わったかのように。

「確かにこっち側はいいな。あんたがこっち側の部屋を求める理由がわかるよ」とバーグマンは言った。

「あんたはハンドボールのコーチなんだろう？　クリスティアンヌと同年代の女子チームの」

バーグマンは答えずに、グンダーセンを見た。誰かがバーグマンについて知っていることをラスクに話したにちがいない。バーグマンとしてはいい気がしなかった。理由はないが、危険な気がした。そのうち住んでいるところも知られることになるのか。テレビがついていたことが頭に浮かんだ。南京錠が壊されていたことも。

彼はそんな思いを振り払った。ただの偶然だ。

「クリスティアンヌは美しさそのものだった。強さ、真実、美しさ。ピアノとハンドボール、どっちを選ぶこともできた。知ってるよね、トミー？」

「ああ」

「きちんとした子だった。そんな子を傷つけるなんてぼくには考えられない」

バーグマンは何も言わなかった。が、おれはどうか、と考えずにはいられなかった。

「彼女の写真を見ただろ？」

「ああ」

「彼女の眼に何が見えた？　中学校での写真の彼女の眼に」

「何が見えたか？」

「行方不明になったときに新聞に載った写真だ」

「女の子だ。普通の女の子だ」

ラスクはまた笑みを浮かべた。

「普通の女の子」バーグマンのことばを繰り返した。その顔は厳粛で、さきほどの冷笑は影も形もなかった。

「あんたはどうだ？　何が見えた？」とバーグマンは訊き返した。

「彼女が姿を消す数週間まえに店でばったり出会ったんだ。あの秋、ぼくは病気でほとんど出勤できなかったから、会うのは彼女が八年生のとき以来だった」

彼女を殺す数週間まえ、だろ？　とバーグマンは思った。ふと気づくと、看護師たちとグンダーセンがふたりを囲むようにして立っていた。

「それで？」

「ぼくが何を見たと思う？」

ふたりは互いの心中を推し量るように見つめ合った。ラスクは薬による無気力状態から脱したようだった。

「彼女の理性と彼女の中にある何かとのあいだには、ガラスのプレートがあるみたいだった。その何かとは狂気だ。それだよ、トミー。彼女の中にあったものとは」

バーグマンはゆっくり首を振った。

「どういう意味だ？」

「誰かが彼女に火をつけたんだよ、トミー。八年生を終えて九年生になるまえのあの夏、誰かが彼女の中の狂気に火をつけた。わからないか？」

「彼女のボーイフレンドか？」

ラスクはまた冷たく笑った。

「あれはただのにきび面の若者だ。それにそいつと彼女は夏のまえに別れている」

彼はバーグマンのジャケットの襟を慎重に力を込めずにつかんだ。

「アンデシュ」看護師がおだやかな声で呼びかけた。

「火だよ」ラスクはそう言って手を放した。「誰かが彼女に火をつけたのさ、トミー」眼がまた虚ろになり、彼は窓の鉄格子に寄りかからなければ立っていられなくなった。

37

待ちはじめてからすでに二時間経っていた。スサンヌは、これ以上この交流室に坐って、女の警官が何をしにきたのだろうと訝《いぶか》しむ麻薬中毒者や酔っぱらいを見ていられるかどうか、自分でもわからなくなった。彼らは逮捕されにここに来たわけじゃないのだから。もちろん——それでも彼らはそう思っているのだ。ビョルン＝オーゲ・フラーテンはもっと稼ごうとしてこの町に来たのではなく、ただ寝るために来たのだろう。その日の分の薬は持っていただろうが、週の残りの日々の分を手に入れるためにまた出ていくことになる。彼が次の一服のためにシェルターを出るのは時間の問題だ。中毒者はみな次の一服とその後の二日間のあいだだけ続くロビンソン・クルーソー経済で生きている。いつかそんな泥沼から救いだしてくれる、大きなきっかけが訪れることを夢見て。

スサンヌはすぐそばの〈イケア〉まで車を走らせ、まわりの主婦たちと同じようにアップルケーキとコーヒーを注文した。見たところ、店員に白人はひとりもいなかった。仕事柄多くのことを見てきたし、グロンランドの〈世界イスラムミッション〉の建物の近くで暮らして十年になるが、〈イケア〉の従業員が店のシンボルカラーのヒジャブを着ている姿にはなじめなかった。それは、そう——とスサンヌは思う——わたしも歳を取ったということだ。自分が育ったノルウェーと今誕生しつつあるノルウェーとは別の国なのだ。

口いっぱいにケーキをほおばり、考えてはいけない男のことを考えていると、電話が鳴った。

「彼が眼を覚ました。ここではヤクを打てないから、人生を壊しつづけようと決めたらすぐにいなくなるだろうけど。彼は病院に行くべきだったんだ」

「だったら病院に行かせて」スサンヌはアップルケーキを呑《の》み込みながら言った。「でも、まだ駄目。まだ行かせないで」

迷路のような家具店の中を走り抜けながら、スサンヌはただ待っているのが嫌だからと〈イケア〉に来た自分の愚かさを呪った。それでも数分後にはシェルターの交流室に着いた。

十五分ほど待つと、生ける屍《しかばね》のような男がはいってきた。その顔には色も生気もなく、皺《しわ》だらけというより崩壊しているといったほうが近い。歳はいくつだったか？　わたしと八歳しかちがわないはずだ。服は何年もまえにディスカウントストアの棚から盗んだものにちがいなく、彼の体に合っておらず、まるで案山子《かかし》に着せたみたいだった。長い髪は洗いたてのようだった。こしのないその髪がこけた頬に元気なくかかっている。スサンヌの視線を避けながら、向かいの椅子に坐った彼の息づかいは、今にも死にそうなほど重く、皺の寄った片手には刑務所で彫ったらしい単純なタトゥーがあった。

スサンヌが自己紹介をしたあとも、彼は黙ってじっと坐っていた。そうこうするうちに窓の外の何かに気を取られたようだった。スサンヌも窓の外を見たが、特に興味を惹かれるようなものはなかった。ただひたすら灰色の世界と、白い排ガスを吐き出す車の列が見えるだけだった。

「わたしが来たのは――」

「あの件か？」と彼はさえぎって言い、セーターの袖をまくり、腕を掻《か》いた。まず左腕、続いて右腕を。

彼にさきに言われるのは予想外だった。

「ニュースを見ていないとでも思ってんのか？」彼は用心深い笑みを浮かべて言った。歯が何本か欠けていた。

よろよろと立ち上がると、尻ポケットから紙幣と硬貨を取り出して、テーブルに置いた。それから、〈レッドミックス〉のパッケージも。曲がった指で巻き紙を一枚取り出し、煙草の葉を巻いた。息づかいがさらに重くなった。

映画のエキストラに使えそうだ、とスサンヌは内心思った。死にかけた男の役で。

「当時、スコイエンでクリスティアンヌを見たと証言しましたよね？」

フラーテンは煙草に火をつけ、軽く咳き込んだ。次第にそれが激しくなった。今ここで死んでしまってもおかしくない。ようやく咳が収まると、フラーテンは長いこと自分の呼吸に集中した。「おれは死んだほうがいい。ヘロインをやると、痛みを抱えながら生きることになるんだよ。皮肉なもんだろ？」

　スサンヌは弱々しく首を振った。ここに来るまで、フラーテンの現状を想像するのが怖かった。いや、怖かったのは彼のこれまでの軌跡を考えるからだろうか？　上位中産階級が住むバールム市からブローベック通りのシェルターにたどり着くに至った軌跡だ。自分も同じ軌跡をたどるかもしれない。スサンヌの転落を防いでくれている柵はとてつもなくもろく、ほんとうにそんなものがあるのかどうかも疑わしい。

　が、フラーテンを見れば、しばらくはヘロインに手を出そうなどという気にならずにすむ。ヘロインへの道は実に短く、気づいたときにはもう遅い。女友達のことをフラーテンに話したかった。その女友達は、欲しいものはなんでも手に入れられたのに、研修医に頼んで町の反対側で、使い捨て注射器を買わせていた。知っていたのはスサンヌだけだった。彼女の夫も知らなかった。彼女は尊厳を持って生きていたが、ヘロインなしでは生きられなかった。そういう人生を送っていると、いずれすべてが金の問題となる。

「死んだほうがいいというのは――？」とスサンヌは尋ねた。

「気にしないでくれ」フラーテンは言った。その眼は顔のほかの部分よりことさら老けて見えた。

「彼女を見たんですか？　クリスティアンヌを？」

「それがどうだっていうんだ？　彼女はもう死んでる」

「大事なことなんです、ビョルン＝オーゲ」

名前を呼ばれたのが気に食わないのか、彼は眼を細めて何度か舌打ちをした。

「金が必要だった」そう言って、彼は煙草を見つめた。煙草は火が消えていた。

「どういうこと？」

「つくり話だ。あんたらは当時、そう言っておれを責めなかったか？」

「真実だけ話してください」

「真実とはなんだ？　真実と嘘《うそ》はコインの表と裏みたいなもんだ」ほころびが生じているような声で、ことばがかすかに震えていた。

スサンヌは何も言えなかった。失望が込み上げ、続いて虚しさを覚え、そんな思いが顔に出てしまわなかったかと思うと、かすかに頰が赤くなった。壁の時計を見た。リングヴォルまで行くにはもう遅すぎた。オフィスに戻り、今はスペインに住んでいるクリスティアンヌの担任を捕まえなくてはならない。なんであれ、ここで麻薬中毒者と向き合っているよりはましだろう。この男が一九八八年当時に語っていたことは真実かもしれない、などと思うとは、わたしはなんて馬鹿だったのか。

フラーテンは息を切らしながら言った。

「町に行かなきゃな」

その日はそのあと、グンナル・アウストボ捜しで終わった。〈クリポス〉の担当者と電話で話すのがその主な作業で、その担当者はスペインに伝手《つて》を探す労を担ってくれた。

ただ、その日の午後はひとつだけ特筆すべきことがあった。バーグマンからの電話だ。真っ昼間に幽霊でも見たかのような妙な声で彼は言った。

「誰かが彼女に火をつけた」

「ええ？」

「誰かが彼女に火をつけたんだ。一九八八年のあの夏」

アンデシュ・ラスクとの面会でエネルギーを吸い尽くされてしまったかのように、バーグマンの声は弱々しかった。これはどういうことなのか。しかし、今のがラスクから得られた情報だとすれば、一九八八年当時には何か見落とされていたことがあるのではないか。そう思うと、希望が湧いた。

スサンヌは自分のオフィスの椅子に坐ってぼんやりと宙を眺めた。

ニコライのことは考えまいとした。

スヴァイン・フィンネラン検事正のことも。

バーグマンのことを考えた。

「誰かが彼女に火をつけた」スサンヌは声に出してつぶやいた。

火は危険なものだ。言うまでもない。その意味するところは？

何が真実で、何が嘘なのか？

アンデシュ・ラスクのこの情報は真実なのか。嘘なのか。

時計の針が四時を指しても、バーグマンはトーテンから帰ってこなかった。スサンヌはタイムレコーダーを押し、スケート靴を取りに家に寄ってから、保育園までマテアを迎えにいった。世界じゅうの新聞を読んでもなんの役にも立たない。

保育園のこの日の遅番シフトに就いていたのは、たまに見る若くて愚かな臨時職員だった。スサンヌは無理に笑顔をつくったものの、その職員には誰の母親なのかもわかっていないようだった。

「マテアよ」スサンヌはスケートのバッグを床に置き、努めて寛大な気持ちになろうとして言った。

「ああ……」若い職員は子供たちのほうに眼をやった。どれがマテアなのかもわかっていないのではないだろうか。そう思って、スサンヌはわが身を振り返った――わたしはなんてひどい母親なのか。なにより大事な宝物を名前も知らない相手に毎日預けているとは。こめかみのあたりが震え、体の中が氷のように冷たくなった。臨時職員が次になんと言うかわかる気がした。〝マテアは亡くなりました。連絡ありませんでした？〟

職員は何か言ったが、スサンヌには聞こえなかった。「外だよ」マテアと同い年の男の子が言った。一瞬、誰だったか思い出せなかった。エミル。マテアがよく遊んでいる子だ。一度、母親と一緒に家に遊びにきたこともある。

「それでは——」臨時職員が言いかけた。

「また明日」スサンヌはそう言って、マテアの棚から濡《ぬ》れた服のはいった袋を取り上げた。

棚の上の絵は見ないふりをした。だからと言って、別にうしろめたくもなかった。

マテアは保育園の外のすべり台で、頭を下にして寝そべっていた。

スサンヌがすぐそばに行くまで母親に気づかなかった。

「みて、ママ。あたし、しんでるの」

スサンヌは眼を閉じた。

そんなことは言わないでと言おうとしたが、やめておいた。

すでにだいぶ暗くなっていた。保育園の窓からの明かりもここまでは届いておらず、塀の外の歩道の街灯はまだついていなかった。

「ひとりで外にいても何も言われないの？」

マテアは答えなかった。

「マテア？」

「いてもいいっていわれた」

スサンヌは門まで行って触れてみた。頑丈な掛け金と南京錠がかかっている。

左から近づいてくる足音が聞こえた。

門の向こう側の闇の中から長身の人影が現われた。歩道全体を覆っているかと思われる大きな影だった。スサンヌは顔を見ようとしたが、相手はダウンジャケットのフードをかぶっており、顔をそむけていた。

ふたりの距離がわずか数歩になり、スサンヌは彼を見た。

彼は立ち止まった。顔はそむけたままだった。

急に彼の息づかいが聞こえた。病気で苦しんでいるかのような深く重い息づかいだった。今にも背を向けて走り去るのではないか。

「ママ」うしろからマテアの声がした。

黒いダウンジャケットの男は右腕で弱々しく合図した。男がわたしのほうを見たら、わたしはアンデシュ・ラスクと向き合うことになるのではないか。スサンヌはなぜかそんな気がした。

男に背を向けてマテアの手を握り、引っぱるようにして保育園の中に戻った。振り返って、男が中まで追ってきていないことを確かめたかった。門の掛け金をはずす音、追ってくる足音が聞こえるような気がした。

しっかりしなきゃ。

検死台に横たわるクリスティアンヌ・トーステンセンの姿が一瞬眼に浮かんだ。臓器、髪、骨盤から胸郭にいたる切開、切り取られた胸骨、失われた左胸。

まだ開いている保育園にはいろうなど考えるのはどんな狂人だろう？　リングヴォル精神科病院で長い年月を過ごした男。すでに六人の少女を殺している男。バスの中は暖かくて明るく、安心できた。マテアの小さく暖かな手を握っていると、スサンヌは保育園の裏の歩道にいた顔のない男のことなどすぐに忘れた。

ショッピングモールで中華料理を食べ、大きな玩具店でクリスマスのプレゼントを買ってから、スピーケルスッパのスケートリンクに向かった。クリスマスリースの下の麻薬中毒者の横を通り過ぎるたびに、スサンヌはそれがビョルン＝オーゲ・フラーテンであることを祈った。そして彼がこんなことを言うことを――〝さっきの話は嘘だ。おれは見たんだ。スコイエンでクリスティアンヌを見たんだ。これからほかの誰も知らないことを話してやるよ〟

マテアが立っていられなくなるまで、ふたりですべった。グロンランドの自宅に帰るタクシーの中で、スサンヌは突然胸に湧き起こった思いに泣きそうになった。隣りに坐るわが子。クリスマスのデコレーションでにぎわう街。どうしようもない疲労感。マテアが危険な目にあっても、わたしにはこの子を助けることはできない。フラーテンもかつて、スケートのあとこうして母親の手を握りながら坐っただろうか。クリスティアンヌも。ある日、そのすべてが忘れ去られ、ひもが切れて彼らは深みに消えても、彼らの母親にはわが子を引き上げることができなかった。

スサンヌはマテアの手袋をはずした。マテアは眼をぱちくりさせてから下を向いた。わたしは絶対に放さない。絶対にこの子の手を放さない。

ヤーンバーネトルゲ駅の交差点の赤信号でタクシーは停まった。スサンヌは、地下鉄の入口に屯《たむろ》する麻薬中毒者の一団を見つめた。若いきれいな女の子がかなり年上の男に身を寄せていた。幽霊。スサンヌはその男を以前から知っていた。最初にここに来たのはなんのためだったか。

そのとき、不意にラスクのことばに隠された意味に思いあたった。

〝誰かが彼女に火をつけた〟

クリスティアンヌは恋に落ちたのだ。

「まちがいないわ」スサンヌはつぶやいた。

愛してはいけない相手を愛してしまったのだ。

それが彼女の死を招いたのだ。

38

普段よりウォーミングアップがきつかった。少なくともそう感じられた。煙草を一日一箱吸ったあとのように肺が痛んだ。バーグマンはストレッチをしているふりをして、壁に背中を押しつけながら立ち上がった。ほんとうは、自力で立ち上がるのが一苦労だったのだ。呼吸を整え、鼓動を落ち着かせようとした。無理をしすぎたせいか、最近よく眠れていないせいかのどちらかだろう。認めたくはないが、アンデシュ・ラスクの件が大きな負担になっている。

たぶんどこかが悪いのだろう。まだ四十まえなのに心臓が悲鳴をあげているのは。遺伝性の病気を持つ家族がいるかと医師に訊かれると、そのたびいないと答えてきた。が、実際には知らないのだ。父方のほうも母方のほうも。母親が生まれ育ち、若くして離れた地がノルウェー北部のどこなのか、バーグマンは知らなかった。父に関してはいっさい情報がない。国民登録台帳には〝父親不詳〟とだけ書かれている。が、それについてはあまり考えないようにしてきた。〝父親不詳〟が意味するのは普通、よくて一晩かぎりの関係、悪くするとレイプ、近親相姦《そうかん》、あるいは父親自身がコード6、すなわち〝なんとしてでも避けなければならない暴力的なサイコパス〟のどれかしかないからだ。

バーグマンは思った、そう、父親もまたおれみたいな男だったのだろう。暴力的な性向は親から子へ遺伝するのだから。そうした例は仕事で充分すぎるほど見てきた。

それでも少なくとも、おれはヘーゲが出ていってもあとを追わなかった。このことには意味があるはずだ。戦いに負けたことがちゃんと理解できたということには。

「大丈夫か？」背後から声がした。

ハンドボールチームのアシスタントコーチのアルネ・ドラーブロスが心配そうに見ていた。改めてバーグマンは思った、おれはここで何をしているのだろう？　数年まえ、親友の手伝いで始めたことだが、今ではチーム全体を背負う立場にいる。チームのメンバーの中に自分の娘がいるわけでもないのに。

バーグマンは一瞬浮かんだそんな思いをすぐに振り払った。このコーチの仕事をしているときこそ、バーグマンがもっとも普通でいられるときだった。それがときには彼を他者とつなぐ唯一の糸ともなった。バーグマンの日々が死と苦痛——自身が他者にもたらす苦痛——だけに満たされずにすんでいるのは、この仕事のおかげだ。

「ああ、始めさせてくれ」とバーグマンはベンチに坐りながら言った。脈はまだ下がりきっていなかったが。

火。少女たちを見ながら思った。

誰かが彼女に火をつけた。

エネルギーを奪われたように感じているのは、じきにまたエリザベス・トーステンセンと向き合わなければならないという思いのせいだろう。彼女はどうやって生きてこられたのか。トーテンからここに向かう途中、二度彼女に電話をかけた。一度目は名乗ったとたんに切られた。二度目は直接留守番電話につながった。彼女の声には何かバーグマンをぞっとさせるものがあった。彼女の声にはまるで生気が感じられなかったのだ。

「ハーイ、トミー」左のほうから声がした。

更衣室から出てきたサラだった。いつものように遅刻だ。去年の夏以降、ほぼ毎回ウォーミングアップをさぼっている。口うるさくならない程度に何度か注意したのだが、コート上でのふるまいにも彼女のそうした悪い癖が出るようになっていた。近い将来、たぶん彼女はチームを抜けてしまうだろう。ひとりでも多く選手が欲しいのに大きな痛手だ。

サラと同じ年頃か少し年長の少年ふたりが少し離れたベンチに坐っているのに気づいた。サラは彼らのところに行くと、ひとりの髪に手をやってくしゃくしゃにした。そのあと彼らはなにやら言い合って笑った。少年は彼女の剝《む》き出しの茶色い脚を撫《な》でた。自信に満ちた手つきだった。女の子に触れるのに慣れている手つきだった。バーグマンは立ち上がると、ホイッスルを鳴らして少女たちを中央に集めた。サラにも手を振って合図した。

「来なさい」サラの脚を撫でた少年は笑みを浮かべた。その笑みは少年に対するバーグマンの第一印象をいっそう確かなものにした。あれはギャング予備軍だ。まだそんな年齢でもないのに、首にタトゥーを入れている。近頃は、スクウェアカットのダイヤモンドを耳につけている若者もことさら珍しくはない。が、彼のピアスはバーグマンの確信を強めただけだった。警察官としての眼に狂いはない。遠くからでもあの少年からはトラブルのにおいが嗅ぎ取れる。少年がサラを自分のものにしているのはもうまちがいない。

その日はこのところ珍しいいい練習になったが、バーグマンには、チームがやっと実力を発揮しはじめたことより、サラがギャング予備軍に関心を寄せていることが気になった。マティーネとイサベルはいっそう力をつけており、彼女たちを見ると、クリスティアンヌ・トーステンセンのことを考えずにはいられなくなる。マティーネとイサベルはもっと強いチームに移してやるべきだ。夏までは手放したくないというのが本音だが。

練習が終わると、一年まえと何もかもが変わっていることを痛感した。以前のようにハジャが偶然を装って顔を見せることももうなくなった。少女たちも十四歳、十五歳となって子供とは言えなくなっている。中には、まだ気楽な子供時代から抜け出していない子もいるが、サラをはじめ大半にとってそんな時代は、もう過去のものになっているように見える。

バーグマンはその後も体育館に三十分ほど残って、成人女子チームの練習を見学した。そのチームは来季に向けて新たなコーチを探しており、その打診を受けたバーグマンは、自分でも驚いたことに、考えてみると言っていた。時々、自分がわからなくなる。少女チームのコーチを辞めることを考えていたはずなのに、ふたつのチームを見ることになるかもしれないとは。どこかのチームのコーチが辞めるたびに、半ば自棄になったような告知が地元紙に掲載されるのに耐えられなかっただけなのに。馬鹿げているかもしれないが、〝コーチになってもらえませんか?〟ということばにはいつも感傷的な気分にさせられ、何年も会っていない古い友人たちに、やってくれないかと声をかけたりもしたほどだ。

駐車場に出ると、見たくなかった光景に出くわし、暗がりの中、バーグマンは立ち止まった。舞い落ちる雪に髪とジャケットの肩が濡れた。サラにしか見えない少女が火のついた煙草を手に、首にタトゥーのある少年といちゃついていた。

バーグマンは下唇を噛んだ。

おれは誰のつもりだ?　サラの父親か?

それでも、ハジャに電話をかけるいい口実にはなる。

バーグマンは彼らに背を向け、自分の車に向かった。

あの少年がすでにサラに火をつけてしまっているのは明らかだった。サラももうすぐ十五歳だ。自分が何を求めているかぐらいわかっているのだろう。

火。誰かがクリスティアンヌに火をつけた。

電話が鳴った。すぐに誰からかわかった。この日登録したばかりの番号だった。

雪が激しくなっていたが、車には乗らず外に立ったまま電話に出た。この機会を逃すわけにはいかない。

「トミー・バーグマンです」自分の声に威厳と礼儀がこもっていることを祈りながら言った。

沈黙が流れた。

バスが通りかかり、バーグマンは空いているほうの耳を手で覆った。

「エリザベス・トーステンセンさんですね?」

家に帰ってシャワーを浴びる時間はなかった。エリザベス・トーステンセンの住む古い邸宅までの短い道のりのあいだに煙草を二本続けざまに吸った。〝わたしは早寝なの〟という彼女のことばから、今を逃したら二度とチャンスは訪れない。そう思った。

体育館のにおいがしみついていないことを祈りながら、玄関の階段に立った。家も景色もあのときとはちがうが、十六年まえに彼女の家を訪れたときと同じ心持ちになっていた。ドアのノッカーを鳴らして、表札が貼られていないことに気づいた。スコイエンブリーネ通りの赤い家のドアの横に、子供っぽい陶器の表札がかかっていたのを今でも覚えている。それには〝アレクサンデルとクリスティアンヌ、ペールエリックとエリザベス・トーステンセンの家〟と書かれていた。

玄関に現われたのは、今の夫のアスゲイル・ノーリにちがいない。長めの白髪をうしろに撫でつけた姿がボヘミアンを思わせ、バーグマンには意外だった。長身の体形はいささかぶざまだが、よく日焼けしており、高価なダークブルーのカーディガンを着て、手に外国の新聞を持っていた。玄関まえに立っている、雪でびしょ濡れの大男を見る彼の眉間の皺が、次第に深くなった。バーグマンは、自分が〝クレメッツルードゥ・ハンドボール〟

の文字と、さらにいくつものスポンサーのロゴが書かれたトレーニングウェアを着ているのを思い出した。

バーグマンが名乗ると、白髪の男は鼻から大きく息を吸ってから、バーグマンと握手を交わした。そして、バーグマンを中に招き入れ、玄関のドアを閉めると、ぼそっと言った。

「正直、迷惑だ」

「奥さんから電話をもらったんです」

「それはきみが一日じゅうかけてきたからだよ」

「あなたのお名前を伺っていませんが」

「言ってないからな」

もうわかっているが。男が名乗るのを聞きながら、バーグマンは思った。

「ついてきてくれ」アスゲイルはまたぼそっと言うと、玄関広間を横切った。バーグマンは彼のあとに続きながら、白い壁にかかる抽象画やアンティーク家具を見まわした。彼には想像もつかないほど高価なものばかりだった。

アスゲイルは書斎か書庫と思われる部屋のドアを開け、バーグマンが中にはいるのを待って閉めた。窓の外にウルヴォヤ島の光が見えたが、マルモヤ島は吹雪の中に姿を消してしまっていた。アスゲイルが天井の照明をつけると、本が今にもあふれ落ちそうな本棚と机、客用ベッドが照らされた。バーグマンの自宅の居間ほどの広さがある部屋だった。壁に掛けられた絵のひとつが眼にとまった。モノクロのヴァギナから出ようとする男を描いた不穏な絵だった。

バーグマンがその絵を見つめているのを見て、アスゲイルは言った。

「幽霊だ。繊細な人間向きの絵ではないな」

「あなたの本ですか？」とバーグマンは本棚のほうを手で示しながら尋ねた。

アスゲイルは無意味な質問に苛立ったようなため息をついて言った。

「きみが最初に電話をかけてきて以来、妻は泣きどおしだ」

「すみません。しかし——」

ふたりのうしろのドアが勢いよく開いて十二歳前後の少年が現われ、まるで危険人物を見るかのような眼でバーグマンを見た。

「ペーター、部屋に戻っていなさい」とアスゲイルが言った。

「ペーター」少年の背後から女性の声がした。

近づいてくる足音が聞こえた。バーグマンはかすかに脚が震え、心臓が早鐘を打った。この期に及んで、エリザベス・トーステンセンと再会する覚悟がまだできていなかったことを自覚させられた。

「女王さまを迎えにいかなければならないようだ」とアスゲイルは気が進まない様子で部屋を出て、玄関広間に立っている女性に両腕をまわした。見た瞬間、バーグマンには彼女だとわかった。

息子は彼女の隣りに立ち、今にも泣きだしそうな顔をしていた。息子の肩に置いた彼女の手の爪は真っ赤に塗られ、指には細い結婚指輪がはめられていた。

バーグマンと彼女の眼が合った。彼女の眼は十六年まえと同じく暗かったが、虚ろで、顔には生気というものがまったく感じられなかった。バーグマンの妙ないでたちも雪でびしょ濡れになっていることも、彼女には見えていないようだった。

「すぐに行くからポーチで待っていてください。何か飲みものをお出しして、アスゲイル。コーヒーをいれてもらえる?」

彼女が自分に気づかなかったことに安堵《あんど》すべきか落胆すべきか、バーグマンにはわからなかった。いや、そもそも気づくわけがない。

アスゲイルに居間に案内され、バーグマンはいい家だと思った。金があればこんなところに住んでみたい。そう思えるような家だった。この家のおかげで、エリザベスは生きていくのに必要な平穏を大いに享受しているのだろう。白い壁に幅広のマツ材の床板。色彩豊かな抽象画。読みきるには一生かかりそうな数の本。ほかにもいろいろ。夕食の名残りだろうか、スパイスの香りが漂っていて、バーグマンはハジャを思い出した。キッチンから顔を出したフィリピン人女性に会釈してから、バーグマンは急いで不恰好なアスゲイルのあとについて、居間の外のガラス張りのポーチに出た。

「彼女はここに坐るのが好きなんだ」とアスゲイルは言った。「断熱ガラスを入れて、それから……」そう言いながら、窓ぎわに立った。雪はさらに激しくなっていた。じきに市全《まち》体が雪に覆われそうな降りようだった。

バーグマンは籐の椅子に坐った。椅子のまえのローテーブルにはティーライトキャンドル（容器入りの小さいキャンドル）がいくつかと、赤ワインが半分注がれたグラス、本が二冊、それにモノクロの古い顔写真が置いてあった。吸い殻でいっぱいの灰皿と、煙草の〈モア〉の空箱もあった。バーグマンは、一九八〇年代に証明写真ボックスで撮られたクリスティアンヌ・トーステンセンの顔を逆さまから見つめた。カメラに向かって微笑んでいるのは特別な誰か――おそらくはボックスの外で待っている誰か――に渡すつもりだったからだろうか。

いつのまにかアスゲイルはポーチから消えていた。バーグマンは指紋を残してはいけない証拠品に触れるかのように、左上の隅を持ってそっと写真を取り上げた。微笑んではいるものの、クリスティアンヌのまなざしは真剣そのものだった。

誰かが彼女に火をつけた。頭の中でアンデシュ・ラスクの声が聞こえた。あの男を信じていいのだろうか？　無実だとは思えないあの男を。

写真をもとの場所に置いたのとほぼ同時に、エリザベスとアスゲイルが居間のどこかで話している声が聞こえてきた。アスゲイルは明らかに彼女がバーグマンと話すのをやめさせようとしていた。が、それは徒労に終わった。

彼女がポーチに現われると、バーグマンはすぐに立ち上がった。ジャケットは脱いで空いている籐椅子の背に掛けてあり、古いモスグリーンのアーミーセーターに、汗くさいマイクロファイバーのインナーシャツ、濡れたトレーニングパンツという恰好が自分でもいかにもまぬけに思えた。

「トミー・バーグマンです。会ってくださり、感謝します」

彼女のほっそりした指が彼の大きな右手の中に消えた。彼女はもう一方の手でバーグマンの頰に触れた。バーグマンは眼をそらしたかったが、そらせなかった。

「あなただと思った」

彼女は十六年まえと同じように、触れた手を動かしてバーグマンの頰を撫でた。バーグマンは彼女の血がまた自分の肌を伝うのが感じられるような気がした。

「私のことを覚えているとは思いませんでした」

彼女は手を放し、ブラウスの袖を引っぱっておろした。古い傷痕がちらりと見えた。

「百年経っても忘れないでしょうね」

彼女は椅子に坐り、手の甲で頰の涙を拭った。茶色の髪や、顔に左右対称にうっすらと走る皺は十六年まえとほとんど変わらないが、今では目尻と口のまわりにもはっきりした皺が深く刻まれていた。それでも、もし街角で見かければ、五十代ではなく四十代後半に見えるだろう。彼女がここまで回復したことは驚嘆に値する。捜査記録を読むかぎり、クリスティアンヌの死は彼女にとって途方もない痛手だった。バーグマンはそう思っていた。確か長いこと入院していたはずだ。どこの病院だったかまでは思い出せないが。

「あの子は彼にそっくりだった」とエリザベスは写真を手に取って言った。

「まえのご主人のことですね？」

「ペールエリック」写真を見つめながら、彼女は言った。「彼とはもう十五年も話していないけど。一度も」

「まえのご主人は……」そこまで言いかけて、バーグマンはエリザベスにさえぎられた。

「わたしはクリスティアンヌの写真も見られなかった。一九八八年以降、あの子の顔を見ていなかった。先日〈ダークブラーデ〉の一面に載るまでは。新聞売り場で見たときには立っていられなくなった。新聞はずっとアスゲイルに眼を通してもらっていて、夜のニュースも見ないようにしていたのに。〈ダークブラーデ〉は、載せるまえにわたしにひとこと連絡してくるべきよ。そうは思わない？」

彼女は顔を上げた。その表情を見れば、彼女がその悲しみを墓まで持っていこうと思っているの明らかだった。

「お気の毒です」バーグマンはそう言うのがやっとだった。

エリザベスは両手で顔を覆い、声もなく泣きはじめた。バーグマンはどうすればいいのかわからなかった。立ち上がって慰めようとしたところで、彼女が言った。

「彼であってほしい」

「ラスクのことですか？」

「それだけでわたしは心おだやかでいられた」と彼女は手で顔を覆ったまま言った。

彼女のことばに対して理性的な反応をするのはむずかしかった。クリスティアンヌやほかの少女たちを殺した犯人がラスクであることは誰もが望んでいたことではある。それでも……

バーグマンは彼女が落ち着くのを待った。彼女はぼんやりした様子で煙草に火をつけた。

「ひとつ訊きたいことがあります。最近よく考えることなんですが――」

「何かしら？」

「あの夜、クリスティアンヌが見つかったことを伝えたとき、あなたが言ったことです。覚えてますか？」

彼女は首を振った。

「わたしのせい」とバーグマンは言った。

長い沈黙が流れた。

「どうしてあんなことを言ったんです？」

「覚えてないわ。どうしてわたしがそんなことを言わなければならないの？」急にまわりをすべて遮断するような顔になった。「最初にあの子を発見したのはあなた？」

厳密にはちがったが、バーグマンはただうなずいた。

「ひどい状態じゃなかったと言って。お願いだから」

「ひどい状態ではありませんでした」

エリザベスは途中まで吸った煙草を消した。

「あなたはハンドボールのコーチなの？」彼女は弱々しく微笑みながら、椅子に掛けたトレーニング用のジャケットを示した。

バーグマンはうなずいた。

彼女の眼はまた内に向かっていた。バーグマンと同じことを考えているかのようだった。クリスティアンヌはノーストランのスポーツ施設を出て、近くの住宅街の通りを進んだ。バッグを肩に掛けて、のんびり歩いたかもしれないし、列車に間に合うよう走ったかもしれない。それにしてもなぜ列車なのか？　なぜ市街電車にしなかったのか？　そのほうが短時間で行けたのに。謎のままだ。スサンヌは、それには重要な意味があるはずだとこだわっているが、そこを掘り下げるのは時間の無駄だろう。

「再捜査をするかどうか決めなければならないのです」とバーグマンは言った。「捜査再開となったら、さらにいろいろなことが出てくるかもしれません。あくまで仮定の話ですが。ご存知のとおり、ラスク犯人説を示す証拠は弱いんです。事件後、何か思いついたこと、おかしいと思ったことがあれば――」

「話すべきことはあのときに全部話しました」

と言っても、彼女の供述はさして内容のあるものではなかった。クリスティアンヌが見つかってからの数ヵ月、彼女は事情聴取に耐えられる状態ではなかった。一九八九年二月に娼婦が似た手口で殺されると、人員も労力もその大半がそっちに振り分けられた。誰もが同一犯によるものだと考えた。そんなときに最新の事件が優先されるのは、道理というものだ。手がかりがなければそれでおしまい。七千ページ近くに及ぶアンデシュ・ラスクに対する捜査資料の中で、エリザベス・トーステンセンへの聴取はほんのわずかだった。

「ある名前のことを訊きたいんです」

「名前?」

「マリアです」

「マリア?」エリザベスは首を振った。

「あるいはエードレ・マリア。聞き覚えがありますか?」ソルヴォーグが追っている線だが、何かあるかもしれない。

「ないわ。思いあたることは何も」

バーグマンは待ったが、彼女はそのあと言いたいことがあるようなそぶりは見せなかった。

「もうひとつ訊きたいのは、リトアニア人の少女ダイナの葬儀に参列した理由です。あれはあなたでしたよね？」

　エリザベスは眉をひそめた。そうやって集中しないと泣きだしてしまうとでもいうかのように。

「ええ」と彼女は静かに言った。「行こうと決めたの。時間を確かめるために電話までして。自分の運命を受け入れるためだった。そう思う。ご存じかもしれないけれど、わたしは娘の葬儀に出られなかった。そんな母親なんている？　わが子にさようならを言わない母親なんて」

　バーグマンにはなんと言えばいいのかわからなかった。誰がダイナを殺したと思うか尋ねてもよかったが、そんなことをしても意味がない。そもそも事件について彼女に詳しく話すわけにもいかなかった。

「ボーイフレンドは？　姿を消したとき、クリスティアンヌにボーイフレンドはいましたか？」

　エリザベスは首を振った。

「わたしの知るかぎりでは。あの子は自立していて、自分のことはあまり話さなかったの。ストーレといったかしら、ボーイフレンドはまえにいたけれど、夏に別れたみたいだった。正直なところ、わたしはそういうことをあまり気にしていなかった」

「クリスティアンヌに何かそれまでと変わったところはありませんでしたか？」

「なかったわ」

「土曜の夜、どこに行くか言ってましたか？」

エリザベスは黙って首を振った。

「普段はセーテルから市街電車に乗っていましたか？　あるいはノーストラン駅から列車を使っていましたか？」

彼女は眼を閉じた。

「クリスティアンヌは……」そう言いかけていったんことばを切った。「普段は……」それ以上続けられなかった。

「ムンケリアから地下鉄に乗っていたんですよね」とバーグマンはかわりに言った。クリスティアンヌは、普段はあの日とは反対方向に歩いていた。

バーグマンは自分に腹が立ってきた。こんなことはわかりきったことだ。おれはわかりきったことしかしゃべっていない。

「あの日、あなたは家を留守にしていたんですか？　試合を見にはいかなかった？」

「ええ」

「あなたもペールエリックも？」

「彼はスウェーデンに出張中でした」

ペールエリック・トーステンセンがヨーテボリより遠くまで行っていないことはわかっ

ている。クリスティアンヌがいなくなったとき、オスロから離れていたとしてもせいぜい三時間半以内のところだ。やろうと思えば、あの夜のうちに往復することもできた。バーグマンは内心そう思った。

「じゃあ、家にいたのはアレクサンデルだけだったんですね？」

エリザベスはうなずいたが、バーグマンの眼を見ようとはしなかった。

「子供たちにはいつも自由にさせていました。だから、夜帰ってくるまでどこにいるのか、どこにいたのか、知らないこともよくあった。責任が伴う自由というやつね。それでうまくいっていたのよ」

警察の捜査がきちんとおこなわれたことはバーグマンにもわかっている。その結果、エリザベス・トーステンセン以外の関係者全員のアリバイと行動が明らかになっている。被害者を囲むふたつの円――家族と友人、知り合いの円、そしてもっと広い社会生活に関わる円――はすべて調べられた。まえにつき合っていたストーレは当然事情聴取されたが、彼にはアリバイがあった。実際のところ、事情聴取を受けた中で容疑者になりそうな者はひとりもいなかった。ほかの五人の少女たちの事件も同じだ。レイプの前科を持つ異常者たち――のうちふたりはそれ以前から殺人で有罪となっていた――も全員アリバイがあった。一方、犯人は普段は自らの異常さを隠すことができる人間だった可能性もあった。ドクター・フールバルゲもそう言っていなかったか？　ラスク自身そうだった。そういう人間などこの世界にはいくらでもいるだろう。

そう、おれも、とバーグマンは内心思った。

「わたしの人生は完璧だった」とエリザベスは言った。

バーグマンは聞こえなかったふりをして、相槌《あいづち》を打つかわりに尋ねた。「あの夜、どこにいたんです?」そこが彼女の弱点だったが、ラスクが逮捕されたあとは誰も探ろうとはしなかった。無駄なことかもしれない。それでも、探って悪いことはない。

「街中にいました。それ以上話すことはないわ、トミー」

断固とした口調だったが、敵意は感じられなかった。彼女はバーグマンの眼を見つめた。これ以上言うことはない。彼女の眼はそう告げていた。少なくとも今のところは。ふたりはしばらく見つめ合った。彼女は魅力的だった。いや、それ以上だった。彼女がその気にさえなれば、バーグマンぐらい手もなく言いなりにできそうなほど。

「わかりました」

「でも、ひとつ話すことがあるわ。一九八七年までわたしの人生は生き地獄だった。それが突然、ありえないほどよくなった。でも、その一年後、クリスティアンヌが消えたのよ」

「どういうことです?」

「彼は……時々……濡れタオルに包んだオレンジで……わたしを殴った」

バーグマンには彼女が言ったことの意味がすぐには理解できなかった。ゆっくりとわかるうち、ガラス張りのポーチがくるくると回転しはじめたような気がした。自分が坐っている籐椅子の座面が崩れるような。

「彼というのはまえのご主人――ペールエリックのことですね」

ふたりは見つめ合った。バーグマンは彼女に内面を見透かされているような気がした。おれにはDVの傾向のあることが、彼女にはわかっているような。いっときが経ち、ふたりのあいだにまた均衡が戻った。エリザベスはテーブルの上の煙草のパッケージに触れた。居間からかすかにジャズを奏でる音が聞こえてきた。バーグマンは眼を閉じた。おれはペールエリックよりはましだ――そう思い、そのあとすぐにそれは嘘だと思い直した。

「過去の捜査ではその話は出てきていませんね」

彼女はバーグマンに向かってまっすぐ煙を吹きかけた。

「夫婦のあいだの秘密だったから。出会った翌年からずっとよ。オレンジを使うのは彼のお気に入りだった。痣にはならないけれど、わずかに内出血が起きる。それが信じられないほど痛いのよ」

バーグマンは黙っていた。一刻も早くここを出たくなったが、最後まで話を聞かないわけにはいかなかった。

「結婚生活の大半がそれだった。彼はクリスティアンヌがお腹にいるときにもわたしが浮気していると疑っていた。妊娠中によ、トミー。あの子は死んでいたかもしれない」

バーグマンは猛烈な吐き気を覚えた。

「そんな夫からどうして逃げなかったのか、訊かないの?」

これ以上耐えられなかった。眼を閉じると、ヘーゲの顔が浮かんだ。鼻から深く息を吸った。

ああ。どうして逃げなかったのか、訊く気はない。

煙草を一本、パッケージから出すにも手間取った。それからトレーニング用ジャケットのポケットを探って携帯電話を探すふりをした。が、それは単に何かしていれば彼女の質問に答えずにすむと思ったからだった。電話はポケットになかった。車の中に置いてきたのだろう。

「何か問題でも?」とエリザベスは尋ねた。

「いいえ」

彼女は微笑んだ。心からの微笑に見えた。

「でも、クリスティアンヌが殺されるまえの一年のあいだに、すべてがいい方向に変わった。まるで奇跡のようだった。彼が自分から進んでアンガー・マネージメントの自助グループに参加したあとはすべてがよくなった。どうやったのか知らないけれど、彼、急に自分を抑えられるようになったのよ」

バーグマンは何も言わなかった。

「そんな結婚生活を経て、やっとすべてがよくなってきたというときに子供を失ったわけ。それがどういうことか想像できる？」

　バーグマンはあいまいにうなずいた。

「想像できる？」彼女は繰り返した。「人生が最高の状態になったと思ったとたん、わたしはわが子を失ったのよ」彼女はそう言って、ブラウスの袖をたくし上げ、左の腕を見せた。そこに残る傷痕はまわりの肌よりさらに白かった。

「わたしが病院――正確には精神科病院だと自分でもわかっていた――から帰ったときには、ペールエリックはもう家を出ていた。そうなるにはクリスティアンヌが死ぬ必要があった――後知恵だけど、そんな気がすることもある。わたしはあの子のものをすべて捨てた。何もかもよ。そうしたら去年、アレックスからこの写真が送られてきたのよ」エリザベスは小さな証明写真をつまみ、人差し指でそっと撫でた。が、それ以上は何も言わず、また内なる世界に閉じこもってしまった。

「そのグループは誰が主催していたんです？」と不意にバーグマンは言った。

　エリザベスは長いこと彼を見つめてから言った。「なんのこと？」

「ペールエリックが参加したというアンガー・マネージメントの自助グループです」

　彼女は煙草を最後にもう一服した。バーグマンは眼下の街を見下ろした。すでに吹雪は収まっており、隣りの家の先まで見えるようになっていた。

「さあ」

「思い出してみてください」

「それは大事なこと？」

「彼にはそのグループに友人がいましたか？」

ファーバルグはなんと言っていた？　ラスクに友人がいたと言ってなかったか？　すぐに怒りを爆発させ、何をするかわからない友人がいたと。

「わからない。ほんとうに知らないの」

「その集まりはどこであったのかわかりますか？」

「ほんとうに大事なことなの？」

「思い出してください」

「市の西側だったと思う」

「西側？」

「ええ。ペールエリックがそう言っていた気がする。でも、詳しいことはわからない」

「西側」とバーグマンはつぶやきながら手帳に書きつけてから顔を上げた。集中できなくなっていた。ふたりは探るように見つめ合った。バーグマンは眼をそらすべきだったのだろうが、そうしたくなかった。エリザベスは用心深く微笑んだ。六十近い女性ではなく、クリスティアンヌの年頃の少女のような笑みだった。

「まだ思い出せませんか？　あなたはなぜ〝わたしのせい〟と言ったのか」

エリザベスは何か言おうと口を開きかけた。が、最後の最後で思いとどまったようだった。

「クリスティアンヌが行方不明になった夜、どこにいたのかなぜ言えないんです？」

過去の捜査でバーグマンが見つけた最大の穴がそれだった。一九八九年の冬に彼女が退院したあと、その件に関して疑問が持ち上がらなかったのはさほど不自然なことではないのかもしれない。なんでもないのかもしれない。それでも、バーグマンとしてはこの事件に関してはすべてを整理しておきたかった。どんな些細なことでも何か見つけて、スヴァイン・フィンネランに差し出したかった。

「どうしてそれが重要なの？」

彼女はまた泣きだしそうになっていた。

アスゲイルが戸口に現われた。

エリザベスは両手で顔を覆った。

「帰ってくれ」とアスゲイルが言った。

「いいえ」エリザベスが顔を覆ったまま言った。「アスゲイル、あっちに行ってて。お願い」

アスゲイルがドアを閉めるまで、彼女は顔から手を離さなかった。アスゲイルはそのまま立ち去るべきかどうか決めかね、しばらく居間の中央に立っていたが、やがて戸口から姿を消した。

バーグマンはエリザベスに向かってうなずいた。

「別の男性と一緒だったのよ」と彼女は言った。

顔には安堵が漂っていた。彼女は髪に手をやって整えた。バーグマンは自分を呪いながらもそんな彼女を見るのを愉しんだ。繊細な手、暗い顔、輝く眼。

「クリスティアンヌがいなくなった土曜日に？」

彼女はうなずいた。

「日曜の朝までラディソン・ホテルにいた。当時彼は結婚していた」

バーグマンはかすかに動揺したが、気にしないふりをしてメモを取った。

「相手の名前は？」

エリザベスは頬をへこませながら、バーグマンの背後を見つめた。

「モッテン・ホグダ」

バーグマンのペンが止まった。

「当時のご主人のペールエリックはもちろん知らなかった」

「ええ、もちろん。でも、すべてはペールエリックのせいよ。彼の暴力のせいでわたしはモッテンの腕に飛び込んだのよ。ペールエリックは文字どおり、わたしをモッテンの腕の中に送り込んだのよ。あなただってわたしの立場だったら同じことをしたはずよ」

　また眼が合ったが、ふたりとも何も言わなかった。

　モッテン・ホグダは名の知れた投資家だ。時折新聞に名前が載ったりもする、そこそこ有名な金持ちだ。

　しかし、その名には何かほかにも――

「それがあのことばの理由ですか？」

「ことば？」

「〝わたしのせい〟」

「なんのことかわたしには――」

「クリスティアンヌがいなくなった夜、あなたは別の男性と一緒だった」

　エリザベスは歯を食いしばった。そのあと深く息を吸い込み、しばらく止めてから吐くと、低い声で言った。

「ねえ。もう終わりにしない？」

40

スノーブラシは車内に見あたらず、あったのは霜取りだけだった。問題は霜ではなく雪なのに。バーグマンは深々とため息をつくと、やわなワイパーでは太刀打ちできそうにないほど厚く積もった雪をフロントガラスから払い落とした。

キッチンの窓の向こうにエリザベス・トーステンセンの影がはっきりと見えた。彼女は見送りもせず、つぶやくように「さようなら」と言っただけだった。

あの暫定牧師はなんという名前だったか？　明日の朝一番にオップサルの教会に電話をしよう。

彼女はほんとうにそう言ったのだろうか？　叫んだのだろうか？

〝わたしのせい〟と。

まあいい。少し立ち入りすぎた質問だったかもしれないが、残りはあと五日。少なくともひとつ新しい名前をメモに書き取ることができた。実のところ、バーグマンは彼女の家を出られてほっとしていた。一瞬、エリザベスに心の中を読まれた気がした。それはまちがいない。ペールエリック・トーステンセンとの結婚生活を逃れてから、彼女は常に彼のようなＤＶ男を警戒するようになったのだろう。

モッテン・ホグダ。

書きとめはしたが、その名はすでに頭に焼きついていた。

車に乗るまえに屋根の雪を落とした。面倒だったり考えごとをしていたりして、いつもさきにドアを開けてしまい、屋根の雪をシートに落としてしまうのだ。

携帯電話は助手席に置いてあった。通信司令部を呼び出そうと、電話を手に取った。忙しくなければ、モッテン・ホグダのことを調べてもらおう。ホグダの名に何か引っかかるものがあった。

そこで小声で悪態をついた。電話の電池が切れていた。エリザベスからかかってきたすぐあと切れたのだろう。あれから何時間経った？　バーグマンは時計を見た。二時間、あるいは三時間だろうか。

自宅までの道のりは短かったが、まるで山岳地帯を探検しているかのような道行きになった。雪のせいでランバーセーター通りの坂をのぼるだけでも一苦労だった。スノータイヤを買い替えたほうがいいかもしれない。そう思ってすぐ必要ないと思い直した。タイヤが路面をすべっているわけではないのだから。ショッピングセンターのまえで除雪車に突っ込みそうになり、かろうじてその巨大な刃をよけた。そのあとやっと駐車スペースを見つけたときにも、まだオレンジの非常灯が眼に焼きついていた。

家に帰るとすぐ廊下の古い固定電話に飛びついた。通信司令部の番号にかけ、ふたつ調べてほしい内容を伝えた。モッテン・ホグダのこと、それとオップサル教会の暫定牧師のこと。車の中で名前を思い出していた。ハルヴァード・トースタ。それが暫定牧師の名前だった。

折り返しの電話を待ちながら、居間のソファに坐って煙草に火をつけた。部屋の隅のフロアランプをつけるなり、異変に気づいた。何かがおかしい。立ち上がって部屋を調べた。続いて寝室に行って明かりをつけ、かつてヘーゲと使っていたベッドを見た。誰かがついさっきまでそこに寝ていた？　そう思いかけてすぐに打ち消した。馬鹿げている。ベッドに近づいた。寝具に火が移らないよう煙草を持った手を高く掲げて、しゃがみ込んだ。

廊下で電話が鳴った。急いでベッドの下をのぞき込んだ。そこにあったのはほこりの塊だけだった。バーグマンは低く悪態をついた。

「モッテン・ホグダは――」通信司令部のヨンセンが言った。「過去に三度、暴行罪で訴えられていますが、被害者はみんなあとで訴えを取り下げています。風俗取締班によると、街娼もよく買っているそうです。去年の収入は四千万クローネ、資産は一億一千万。人あたりはいいようですが、性癖はかなり暴力的なようですね」

バーグマンは眼を閉じた。エリザベス・トーステンセンの姿が頭に浮かんだ。黒い眼、現在の夫。ようやくいい相手を見つけたのだろう。頼れる相手を。アスゲイルはまともそうだ。人がよすぎるようにも見えたが、彼女のような経験をしてきた女性にとってそれが害になるはずがない。

「ありがとう」そう言うと同時に、頭の中に疑問が湧いた。女は男に尽くすものだが、エリザベスは当時モッテン・ホグダに何をしてやれたのだろう？

「ハルヴァード・トースタはどうだ？　連絡先はわかったか？」

「ハルヴァード・トースタの名前で見つかったのはひとりでした。ヴェストランネの小さな福祉施設で暮らしています」

バーグマンは古新聞に電話番号を書きとめた。

「助かった」

「今、オップランの通信司令部はてんてこ舞いです」

「そうか」バーグマンは半ば上の空でただそう言った。

「聞いてませんか？」

「何を？」

バーグマンは携帯電話の充電器を出そうと、箪笥《たんす》の一番上の引き出しを開けた。

「アンデシュ・ラスクが逃走したんです」

引き出しに半分手を入れたところだった。

「なんだって？」

「アンデシュ・ラスクが別の患者——オイスティン・イエンスルードゥ——とふたりで病

○6○

院から逃げ出したんです。看護師がふたり殺されました。特殊部隊が出動して捜しています。ヘリコプターによる捜索も開始しました。遠くまでは逃げられないでしょう。防犯カメラがじきに足取りを突き止めると思います」

「くそっ」バーグマンは振り返って、居間を見た。ソファ、テーブル、カーペット、写真、雑貨類、本棚。どれも変わったところはなさそうだった。それでも、室内の違和感を振り払うことはできなかった。ラスクがリングヴォルから逃げ出したというニュースだけではなんの役にも立たない。問題はどうやったかだ。そして、今どこにいるか。この市《まち》の中にいる――バーグマンは強くそう思った。

「いつの話だ？」

「二時間ほどまえです」

いっとき沈黙ができた。

二時間か。オスロまで来るのにせいぜい一時間半。おそらく途中で車を乗り変えているだろう。静かな住宅街にはいり込み、配線をショートさせればエンジンがかかる古い車を探したとして、それらをすべてやってのけたとしても二時間あれば充分だ。ラスクたちはもうオスロにいるにちがいない。ノルウェーでもっとも姿を隠しやすい場所に。オスロに。

「ああ、遠くまでは行けないだろう」とバーグマンはヨンセンに言った。「情報をありがとう」

受話器をそっと戻すと、携帯電話を充電器に挿した。

着信が八件あった。どれもロイターからだった。

「いったいどこにいたんだ？」電話をかけると、ロイターが言った。息を切らしているのは、それまでトレッドミルで走っていたのだろう。

「電話を充電するのを忘れてたんです」

「忘れてた？」

「エリザベス・トーステンセンのところに行ってました」

それで、ロイターの苛立ちはいくらか収まったようだった。声の調子が柔らかくなった。

「何かわかったか？」

「ええ」

「明日聞こう。フィンネランが自分のオフィスで会議を開くと言っている。七時ジャストだ。一秒の遅れもなしだ。ラスクの逃亡の件はわれわれが担当することになるだろう。フィンネランは一刻も早くやつを捕まえたがっている。一方、おまえの捜査の進捗も望んでいる。おまえも忙しくなるだろう。ラスクが犯人だと思うか？」

「逃げるときに人を殺したんじゃないんですか？」

「やったのがラスクかどうかはわからない。一緒にいるのも何をしてもおかしくないサイコパスだからな。ふたりのどっちかがリングヴォルの女性看護師をたぶらかしたんだろう。

その看護師が自分のカードと鍵を彼らに渡したんだ。ほかにも何を渡しているかわかったもんじゃない。その女はいまイェービクにいる。その女から訊き出せることはすべて訊き出してやる。信じられるか、トミー？　今夜あそこでふたり死んだとはな」

バーグマンには何も言えなかった。長くこの仕事をしてきたおかげで、もはや何かに驚くことはほとんどなくなっていた。

ロイターとの電話を終えると、そのままバスルームに行き、しばらくのあいだ熱い湯を浴びた。鏡に指で大きく〝モッテン・ホグダ〟と書いた。そのあとその文字に線を引いて〝ラスク〟と書き足した。

携帯電話の音がかすかに聞こえた気がしたが、呼び鈴か固定電話の音であってもおかしくなかった。シャワーを止め、体も髪も泡だらけのまま立ち上がった。バスルームのドアにはさっき鍵をかけた。そんなことはこれまで一度もしたことがなかった。ラスクが今ここにやってきたら？　不意を突かれたくはない。

いや、空耳だ。

電話は鳴っていなかった。もうなんの音もしていなかった。

また湯を出した。シャンプーを洗い流していて、自分が感じた違和感の正体に気づいた。熱い湯を浴びているのに、腕に鳥肌が立った。なくなっているものがあった。

写真だ。

シャワーの下にしばらく立ちつづけ、冷静になった。いや、麻痺《まひ》状態に陥ったのだ。湯を止めるのがやっとだった。

腰にタオルを巻き、バスルームのドアの鍵を開けた。

体から湯をしたたらせながら、居間の真ん中に立った。寄木張りの床に水たまりができた。

〈イケア〉の本棚を見つめた。その半分ほどに本や雑誌、枯れたサボテンの鉢がふたつ、ヘーゲが置いていった雑貨類、それに額に入れた昔の写真が五、六枚並んでいる。自虐のために置いてある、ヘーゲとふたりで撮った十年まえの写真。学校の集合写真。自分のポートレート。

亡くなった学生時代の友人がオーストラリアのアリス・スプリングスから送ってきた絵はがき。額入りのその絵はがきのうしろに半ば隠れるように、銀製の額に入れた母の小さな写真が置いてあった。バーグマンが生まれる直前の一九六〇年代中頃、トロムソで赤十字の看護学校にかよっていた頃のものだ。

それが消えていた。

バーグマンは廊下に向かってゆっくりとあとずさりしてつぶやいた。

「おれを見つけたのだ。やつがここに来て、持ち去った」

携帯電話は廊下の箪笥の上にだった。昔からの同僚のベントの番号を押した。ベントはすぐに電話に出た。

「珍しいな。いつもなら寝ている時間じゃないのか」ベントは言った。

「銃だ」とバーグマンは言った。「銃が要る」

PART THREE

DECEMBER 2004

第三章　二〇〇四年十二月

41

前日とは打って変わった景色だった。もう十時近いというのに、外はまだ薄暗く、リングヴォル精神科病院の建物は激しく降りしきる雪に隠されていた。風が強く、旗竿《はたざお》にロープがあたる音がスネアドラムの音のように聞こえた。びしょ濡《ぬ》れの半旗ははためいたかと思うと、すぐにまた竿に張りついていた。

昨夜ベントが届けてくれた小型《ポケット》ピストル――レイヴンアームズMP-25――はグラヴボックスに入れてあった。昨夜は一睡もできなかった。その安物のピストルを尻ポケットに入れたまま地下室で一晩過ごしたのだった。母が自分のものを入れたまま遺していった箱もそこに保管してあった。二日まえに南京錠が壊されていたのは偶然ではなかったのだ。箱の中身を知らないので、何かがなくなったとしても、そのことはわからなかったが、書かれたものに何時間もかけて眼を通し、母がどんな人間だったのか、どんな知り合いがいたのか、調べた。が、結局のところ、あきらめざるをえなかった。興味を惹かれるようなものは何もなかった。女友達や、いっときつき合ったボーイフレンドからの手紙が主だった。あとは古い料理のレシピ、家計簿、それに、当時生きるのに最低限必要な食べものしか手に入れられなかったことを示すメモのようなものだけだった。

いったいどんな泥棒がなんの目的でおれのアパートメントと地下室を漁ったのか。見当もつかない。

車を降りると、ドアが風で閉まった。バーグマンはダウンジャケットのフードをかぶり、鋼鉄の門に向かって走った。くそスヴァイン・くそフィンネラン。彼の発案で、バーグマンは今、アンデシュ・ラスクと七年まえに両親を殺害した三十五歳の精神病患者オイステイン・イエンスルードゥの部屋を調べるため、またリングヴォルに来る破目になったのだった。エリザベス・トーステンセンに昔の恋人モッテン・ホグダについて訊きにいくほうが有益だと思っていたのだが、それについてはフィンネランには何も言わずにおいた。

フィンネラン検事正が召集した朝の短い会議――ロイター課長と、〈クリポス〉の心理学者ルーネ・フラータンガーも同席していた――は嵐のように吹き荒れた。心理学者のフラータンガーはバーグマンが送った資料に昨夜眼を通した結果、ラスクは誰も殺していないという結論に達していた。フランク・クロコール記者が言うように、小児性愛者ではあっても連続殺人犯ではない。それがフラータンガーの結論だった。それでも、フィンネランは、リングヴォルでの殺人と逃走が別の可能性を示唆していると考えており、そこで意見が割れたのだ。会議のあいだ、バーグマンはフィンネランのオフィスの窓敷居に坐り、雪に覆われたピーレ通りを行き交う車を眺めながら思った。ひょっとして、おれのアパートメントに忍び込んだのはおれの父親だったのだろうか。母が何か恐ろしいものから逃げていたのは確かで、それが父であるのは明らかだ。そうでなければ、バーグマン自身のこの異常さはどこから受け継がれたものか、説明がつかない。それに、ほかに誰がバーグマンのアパートメントに忍び込んで、母の写真を持ち去るというのだ？

そこでふと恐ろしい考えに襲われた。ひょっとしておれたちが捜しているのはおれの父親なのだろうか？

一瞬、ノルウェー北部のどこかにいる子供の頃の自分が頭に浮かんだ。真夜中、母と一緒に逃げていた。誰かの車に乗っており、母はふたりの服を詰め込んだセーラーバッグを持っていた。車内は暗かったが、母はずっと息子から顔を隠して泣きつづけていた。車を運転していたのは男だろうか？　精神科病院から聞こえる叫び声がバーグマンの脳裏を貫通した。

これはほんものの記憶だろうか？　それとも、事実を土台にしてつくりあげた幻想か？

バーグマンは車から飛び降りてきた記者たちを手で払いのけながら門に近づいた。今や雪は横殴りに降っており、ミョーサ湖はその白にさえぎられて見えなかった。

「ノーコメントだ」吠えるようにそう言いながら、バーグマンは門の脇に立つふたりの警備員に身分証明書を見せた。

警備室でバーグマンを迎えたのはアルネ・フールバルゲではなく、病院のナンバーツーでトールレイフ・フィスクムと名乗る、デスマスクのような顔の男だった。

「ドクター・フールバルゲは？」

「一時間まえに帰りました。具合が悪いから帰ってきてほしいと奥さんから電話があったんです。それに、夜通しここにいましたから本人もかなり疲れていたことでしょう。午後にまた来ます」

「だったら今は自宅にいるんですね？」

「ひどい話ですよ」とフィスクムは静かに言って首を振った。「職員に裏切られるとは」

バーグマンはただうなずいた。かけることばがなかった。

「もちろん、彼女は後悔しています。ラスクは誰も傷つけないと約束した。彼女は愚かにもそれを信じてしまったんです」

フィスクムはフールバルゲのオフィスの椅子に坐った。もうひとり、すでに坐っていた男がおり、イェービクの捜査責任者だと自己紹介した。彼がこの事件の捜査責任者でなくなるのは、時間の問題だろうとバーグマンは内心思った。

ラスクとイエンスルードゥがどうやって逃げたのか話し合ったが、バーグマンには二、三分が限界だった。今なにより重要なのは彼らが逃げたという事実だ。イエンスルードゥが作業所の材料からナイフをつくったにしろ、女性職員のひとりがラスクと恋仲になったにしろ、そんなことはどうでもいい。バーグマンの頭にあるのはラスクを見つけることだけだった。理論的にはどこにいてもおかしくない。国境を越えてスウェーデンに逃亡したことも考えられたが、バーグマンはオスロにいると確信していた。自分のアパートメントに忍び込んだのはラスクか、あるいはそれ以外の誰か。警察が捜している殺人者か。おれの父親か？　そう考えて思わず笑いそうになった。しっかりしろ。ラスクであるはずはない。ラスクが逃走する少なくとも一日まえに、地下の収納室の南京錠を壊したやつがいるではないか。その一件とそのあとの侵入が偶然であるわけがない。

「ラスクの部屋が見たい」とバーグマンは言った。

「部屋はすでに調べた」とイエービクの捜査責任者は言った。

「ラスクの部屋が見たい」とバーグマンは繰り返した。

数分後、看護師がバーグマンを案内しにきた。その男性看護師は眼のふちを赤くし、バーグマンの視線から逃れようとしていた。泣いていたのだ。

バーグマンは暗い緑色のリノリウムの床を見つめながら静かに看護師のあとを歩いた。歩きながら、昨日とまったく同じことを思った。おれはまえにもここに来たことがある。少なくともここ とそっくりなところに。

ふたりはセキュリティチェックを受けて、警備病棟にはいった。背後で鋼鉄のドアが閉まる音がした。バーグマンは廊下の途中で立ち止まってゆっくり振り返った。

ここに似たところに母と一緒に来たことがある。

ここではないかもしれないが、そっくりなところに。

どこだ？　いつ？

ラスクの部屋のドアを開けると、看護師がバーグマンのまえに手を出して止めた。

「黙っていろと言われていたのですが」看護師はそう言って眼を伏せた。

「何を？」

「数日まえ、フールバルゲ医長がこの部屋に来たんです」

重要な事実を思いきって明かしたかのように、看護師はバーグマンの反応を待った。

「それで？」

「ラスクが作業所に行っているあいだに何かを探していました。手紙です。あんなに必死になっている医長を見たのは初めてです。二時間近く探しつづけていました」

「ラスクが受け取った手紙を？」

看護師は黙ってうなずいた。

「見つかったのか？」

「いいえ。隈なく探したようですが。私は最後の十分、部屋の外に立ってずっと見てたんです。何もかも投げ出され、シーツを剝《は》がしてベッドのマットレスまでひっくり返してました」看護師はドアののぞき窓から見たことを明かした。

「わかった。ドアを閉めたら、のぞき窓も閉めてくれ」バーグマンはそう言ってドアを閉めた。自分の考えを看護師に伝える必要はない。

数分かけて殺風景な室内の感覚をつかんだ。何かを隠すような場所はほとんどない。ベッドの脚は中が空洞だが、そこはすでにフールバルゲが探している。ベッド以外では本棚がもっともそれらしい隠し場所だが……

時計を見た。今から部屋をひっくり返したりするより、フールバルゲに電話をかけたほうが得策だろう。しかし、彼がこっそり手紙を探そうとしたのには、何かわけがあるはずだ。今、見つけなければ、彼はすべてを否定しかねない。

本棚の最上段の奥にアルバムがあった。それを引っぱり出して窓ぎわの机の上に置いた。新聞記事の切り抜きを集めたおぞましいスクラップブックだった。こんなものを保管しておくのをフールバルゲが許可していたことがバーグマンには意外だった。

一ページ目に貼ってあったのは一九七八年八月の〈トンスベルグス・ブラード〉紙の切り抜きで、黄ばんだそれは、十三歳の少女アンヌ＝リー・フランセンの死を報じたものだった。続く数ページに、同じ事件に関連するほかの新聞の切り抜きが貼られていた。アンヌ＝リーはトンスベルグの別の地区に住む友人の家から自転車で帰宅する途中だった。友人宅を出るときすでにあたりは暗くなっていたが、彼女の自転車にはライトがついており、普段はそれで事足りていた。その自転車は一年後、アンヌ＝リーの遺体発見現場からそう遠くない林道で見つかる。その年の新聞は、犯人はアンヌ＝リーを殺したあと、トンスベルグ市内から自転車を回収して殺害現場の近くに置いたというのが〈クリポス〉の見立てだ続いた。

と報じていた。バーグマンはラスクが法廷で、彼女を森の中で殺したあと自転車を取りにいったと話していたのを思い出した。さらに、アンヌ＝リーの写真の切り抜きがいくつか続いた。

その次は、殺された三人の若い売春婦が殺された事件の記事だった。ただ、こちらは売春婦ということもあって情報は少なく、記事も殺された十六、七歳の街娼について深くは掘り下げていなかった。加えて、三人のうちふたりはヘロイン常習者でもあり、マスコミの関心は低かった。今なら機能不全に陥った家庭で育った彼女たちのおいたちや、可愛らしい女の子が写ったノルウェー西部あたりの小学校のクラス写真でも見つけてくるところだが。当時、彼女たちはヘロインを覚えたてのただの娼婦にすぎなかった。短すぎるデニムのミニスカートにハイヒールのサンダル。腕には注射の痕。そんな娼婦たちが六月のある夜、ステーネルス通りで一台の車に近づいた――それだけのことだった。世間の涙を誘ったのは、三人の女子学生――アンヌ＝リー、クリスティアンヌ、そして三年後に殺されたフリーダという名のシェズモーコーセの女の子――だけだった。

スクラップブックの大半――十五ページから二十ページ――がクリスティアンヌ・トーステンセンの事件の切り抜きで占められていた。新聞は何紙かリングヴォル精神科病院内に届けられており、さらに彼女を殺したとされている男の部屋まで届けられていたのだろう。それで、ラスクは事件直後からこれらの切り抜きを集めはじめたのだろう。おそらく一度没収され、その後、法的拘束力がある判決がくだったあとに返却されたのだろう。最後の切り抜きは、フランク・クロコールがラスクの再審とクリスティアンヌについて書いた、数日まえの記事だった。

ラスクがここでこの思い出のアルバムを見ていたと思うと、バーグマンは腸《はらわた》が煮えくり返ったが、なんとか自制し、記事の中でラスクがアンダーラインを引いた個所に集中した。それぞれの記事に関連があるとは思えなかった。何がラスクの興味を惹くか、そこに一定の決まりはなかった。バーグマンはスクラップブックを閉じると、十五分かけて手紙や紙切れが隠されていそうな場所を探した。本棚に穴があいていないか、床板にゆるんでいるところがないか、衣裳簞笥《たんす》と壁とのあいだに紙をすべり込ませる隙間はないかどうか調べた。

「無駄だったか……」と思わずつぶやいた。ダウンジャケットのポケットに入れた小さなスイス・アーミーナイフを取り出した。警察協会の旅行でベルンに行ったときに買ったものので、何かと役に立ってくれている。たとえば今みたいに。ナイフの刃をマットレスに差し込み、縦に切り込みを入れた。マットレスの上部を剝がしてスプリングをひとつずつ確かめた。

また本棚のほうを向いた。

最後にもう一度だけ試そう。十冊ほどの本を一冊ずつ引き出し、背表紙に手を添えてページをめくった。「何もない。何ひとつ」最後の頼みの綱と思い、『法の書』というタイトルの分厚い赤い本を取り出した。著者の名に見覚えがあった。

薄いページをめくるうちに、左の親指と人差し指のあいだにはさんでいる表紙の厚さが気になった。

机のまえに坐り、世界一もろいものであるかのように、そっと本を置いた。表紙の内側の黄ばんだ見返しのふちを人差し指でなぞり、厚紙から剝がした。そこにあった。見返しと厚紙のあいだに手紙が隠されていた。

アンデシュ・ラスクは薄い見返しの糊を剝がし、手紙をはさんでからまた糊づけしていた。

バーグマンは一瞬動きを止めて、たたまれた手紙を見つめた。それから、指紋を消さないよう、上端をつまんで慎重に開いた。

内容にざっと眼を通した。日付はなかった。万年筆で書かれているようだった、几帳面な筆跡だった。誰が書いたのだろう？　ラスクだろうか？　バーグマンは親指と人差し指でつまんだ手紙を天井の照明に向けて掲げた。新しいようだ。紙はまったく黄ばんでいない。ベッドまであとずさりし、今度はゆっくりと一語ずつ噛みしめるようにして読んだ。

〝あなたがこの手紙を読む頃、わたしはすでに死んでいるかもしれない。

ずっとあなただとわかっていた。イエスが自分を裏切るであろう弟子を名指ししたように、わたしもあのときからわかっていたのだ。

わたしが受け取った、悪魔からの贈りものであるこの才能はわたしの呪いとなるだろう。しかし、それはあなたの知るべきことではない。誰にもわからないことだ。たぶんわたし自身にも。

贈りものは贈りもの。わたしたちが望んだものではない。贈りものを好きなようにできるのは贈り主だけであり、その贈り主が神だったら、わたしたちに何ができる?

あなたにはあなたの才能がある。

わたしと同じく、あなたもそれを自分からは望んでいない。

どんな子供も自ら望んで生まれてくるわけではないのと同じだ。

子供……なぜわたしはこんなことばを書いたのだろう?

子供の頃——遠い昔のこととは思えない——わたしは移動遊園地でジプシーの女に運勢を占ってもらった。彼女はわたしの両の手のひらをじっとを見つめたあと、わたしの手を握って言った。「料金は要らない」そう言って、わたしを追い払った。運勢を知るには幼すぎる——彼女はわたしの母にそう言った。わたしの手相を見たのはまちがいだったとも言った。占ってもらえなくて、わたしはどれほどがっかりしたことか。

わたしが住んでいるところから見える海は黒く、泡立つ波は見えない。

彼女の顔をまた見たとき、わたしは新聞を細かく破った。

あの占い師はわたしの手のひらに何を見たのだろう？

あらゆるものに意味があるということなのだろうか？

彼女の涙はメドゥーサの涙にすぎなかったのだろうか？〟


誰が書いたのだろう？

ラスクか。自分に宛てて女性を装って書いたのか。

それとも、誰かが実際にラスクに宛てて書いたものなのか。

バーグマンは身震いした。ラスクは、おれが見つけることを見越してあそこに隠したのだろうか？　おれは以前からラスクを知っていたのだろうか？

また文面を読んだ。〝あの占い師はわたしの手のひらに何を見たのだろう？〟

文面からすると女か？　これは女の筆跡だろうか？

手紙をたたみ、バーグマンは急に閉じ込められるのが怖くなったかのようにラスクの部屋を出た。

看護師は外で待っていた。

「アルネ・フールバルゲはどこに住んでいる？」

「知りません」

「ここから出してくれ」

セキュリティゲートを通過しながら、もう一度手紙を読んだ。〝わたしが住んでいるところから見る海は黒く……〟

バーグマンは確信した。これは女の筆跡だ。メドゥーサも女ではなかったか？　病院のナンバーツーとイェービクの捜査責任者に手紙を見せるのはやめておいた。彼らは逃走に集中すべきであり、それで手いっぱいのはずだ。

「フールバルゲの自宅は？」

住所と行き方を尋ねると、フィスクムは封筒の裏に、簡単な地図を描いてくれた。車に乗り込み、グラヴボックスの中の未登録のレイヴンアームズMP‐25の上に手紙を入れた封筒を置いた。

手紙は、以前からアンデシュ・ラスクを知っていた人物が書いたものにちがいない。ある名前が頭に浮かんだ。

ヨン＝オラヴ・ファーバルグ。クリスティアンヌの学校でラスクの同僚だった。彼がイングヴァルとかいうラスクの友人についての謎めいた話をしていた。

しかし、イングヴァルは女ではない。これは女の筆跡にまちがいない。

バーグマンは鼻を鳴らした。車はスクレイア村の中心部を走っていた。大通りの店に飾られたリースやクリスマスのディスプレーはほとんど眼にはいらなかった。

七、八分走って林道にはいった。家が二軒だけ建っていた。どちらの家も窓に明かりはともっていなかった。フールバルゲの家だという左側の家には屋外灯もついていなかった。

バーグマンはカーラジオとエンジンを切った。車はなだらかなくだり坂を音もなく進んだ。フールバルゲの家まで十メートルほどのところでブレーキを踏んだ。隣りの家には屋外灯がついており、ガレージのまえで車が雪に埋もれていた。

しばらく車の中に坐ったまま窓の中の動きをうかがった。最初はフールバルゲの家。次いで隣りの家。グラヴボックスを開け、フールバルゲの家から眼を離さずピストルに手を伸ばし、消していたヘッドライトをまたつけた。

フールバルゲの家に向かって、道路の両側に新しいタイヤ痕があった。バーグマンはヘッドライトを消し、暗い窓を見つめたまま車のドアを開けて降りた。ピストルの安全装置をはずし、四本のタイヤ痕のあいだを歩いた。左側より右側の痕のほうに多く雪が積もっていた。

しまった。ここに来る途中すれちがった車が一台あったのに、どんな車だったか記憶になかった。フールバルゲの家に足早に、最後は駆け足で向かった。玄関の階段はすべりやすく、バーグマンはピストルを落としそうになって手すりにつかまった。

いっとき待ってから、残っている指紋を消さないよう、ダウンジャケットの袖を引っぱってドアの取っ手をつかんだ。

ドアに鍵はかかっておらず、油を差していないのか、ぎいっという音をたてて開いた。バーグマンはピストルを構え、静かに中にはいって照明のスウィッチを押した。

廊下の先のドアからスリッパが突き出しており、床の血だまりからキッチンに向かって血が流れていた。床が水平ではないのだろう。

バーグマンは壁から離れずに銃口を上げ、左右を見た。

アルネ・フールバルゲが戸口に脚がかかる恰好でうつぶせに倒れていた。顔は自身の血の上で横向きになっていた。咽喉《のど》を耳まで掻《か》き切られており、ブレザーは血で黒く染まっていた。彼のまえの床には割れたコーヒーカップと銀のポット、コーヒーかす、割れたクッキーが散らばっていた。

バーグマンはしゃがんでフールバルゲの手を取った。まだ温かかった。

くそ。どんな車だった？　乗用車にはまちがいないが……それしかわからなかった。サイズは中型だった。

廊下を玄関のほうに戻った。彼の妻はほんとうに具合が悪かったのだろうか？

左側のひとつ目のドアを少し開けたあと、足で広く開けながらピストルを両手で構えた。客用の寝室だった。誰もいない。

妻は次の部屋にいた。やはり咽喉を掻き切られており、夫より無惨な死に方をしていた。顔がほとんどなくなっていた。バーグマンは明かりをつけることができず、ピストルをおろすと携帯電話を取り出し、警察と救急車を呼んだ。短い会話を交わしたあと、今度はフレデリク・ロイターにかけ、ラスクの部屋で見つけた手紙のことを話した。

「厳密に言えば、これはわれわれの事件じゃない。スヴァインに伝える。彼は——」

バーグマンは電話を切った。

地下からノックの音が聞こえ、飛び上がった。ノックは三回だった。

地下に降りる階段まで行き、ボイラーの音だと自分に言い聞かせた。階段を半分ほど降りたところで坐り、下の暗闇に向かってピストルを構えた。

一階の窓の外に青い回転灯が見えると、バーグマンはピストルを内ポケットにしまって外に出て警察官を出迎え、そのうちのひとりと一緒に地下に降りた。

地下には誰もいなかった。どのドアも鍵がかかっていた。

階上《うえ》の居間では、バーグマンがしたように保安官が現場の状況を調べていた。

「訪ねてきた客に殺されたんだな。彼がアンデシュ・ラスクにコーヒーを出すとは思えない。だろ？」

バーグマンは黙ってうなずいた。

やがて、イェービクの捜査官とリングヴォルのフィスクムも到着した。

「ラスクだ」と捜査官は言った。

「あんただったらラスクのためにコーヒーをいれるのか？」と保安官が言った。バーグマンは彼の肩を叩《たた》いてねぎらいたくなった。

「ラスクたちはどんな車で逃げたんだ？」とバーグマンは捜査官に尋ねた。

「ニッサン・マイクラだ」捜査官は悲しげな笑みをかすかに浮かべて言った。小型車にふたりの狂人。

「ここに来る途中車とすれちがった」

「それで？」と捜査官は眼を見開いて訊き返してきた。

「ニッサン・マイクラじゃなかった。暗くなりかけていてよく見えなかったけれど、マイクラじゃなかったのは確かだ」

「だったら、どんな車だった？」

「よくわからない」バーグマンはそう言って顔をしかめた。「暗かったからな。フォーカスかアストラあたりの大衆車だ。ステーションワゴンじゃなかったと思う」

捜査官は口を開きかけたが、気が変わったらしく何も言わなかった。

「フールバルゲはラスクが受け取った手紙のことを何か言ってなかったか？　彼がラスクの部屋で探していた手紙だ」

フィスクムは首を振った。そのあとくずおれるように玄関の床に膝をついた。

42

バーグマンがやっとその場から逃れられたのは一時間後だった。

午後の道路は混んでおり、彼は白い雪と赤いテールライトから成る地獄をのろのろと進んだ。周囲の景色はほとんど見えなかったが、かすかに見えるかぎり見慣れたものだった。小さな谷と森。フレンズビー病院の看板が見え、バーグマンはハイウェーの出口車線に移った。

あれはここだったのだろうか？　ヘッドライトをハイビームにして黒い枯れ木が立ち並ぶ曲がりくねった道を走りながら、バーグマンは思った。バックミラーに映っていたハイウェーの照明があっというまに見えなくなった。この先にフレンズビー病院があることをおれはなぜか知っている。トゥヴェイタ地区に引っ越してきてすぐ母が働いたのがこの病院だったのだろうか？　そうだ。近づくにつれて記憶が甦ってきた。

街灯のない田舎道を数分進むと、閉鎖された病院にたどり着いた。思い出せないほど長い年月のあいだに、病院はゴシック建築の遺跡のようになっていた。病院の入口まで歩いた。暗い窓が口を開けていた。バーグマンはすべりやすい花崗岩《かこうがん》の階段をのぼり、窓の中をのぞき込んだ。廊下の先にある照明が緑の床と、廊下の両側に並ぶドアに強い光を投げかけていた。

ドアの取っ手に手をかけた。凍りつきそうなほど冷たかった。手を離すべきだと思った。なのに離せなかった。幸いドアには鍵がかかっていた。

バーグマンは息を吐いた。もしドアが開いたら、中にはいっていただろう。この古い病院には秘密が色濃く漂っている。ただ、その秘密を暴きたいのかどうか。そこのところが自分でもわからない。その昔、母はここで働いていた。そのことはもう確信になっていた。

おれはここでエリザベス・トーステンセンに会ったのだろうか？

いや、そんなはずはない。バーグマンは首を振った。ただの妄想だ。

ハイウェーに戻ったところで電話が鳴った。スヴァイン・フィンネランかフレデリク・ロイターのどちらかだろう。そのまま鳴らせておいた。

ガルデモーエンに近づいた頃、また電話が鳴った。バーグマンは電話を手に取って着信番号を見た。しまった。エリザベス・トーステンセンの番号だ。

「彼を見つけようとしてるの？」前置きなしに彼女は言った。

バーグマンは右車線にはいった。眠れない夜を過ごしたあとだけに、ひどく疲れているのは自分でもわかっていた。クロフタでシェルのスタンドに立ち寄り、コーヒーを買って一服しながら外の空気を吸うつもりだった。

「ええ」と答えた。

「嫌な予感がするの」彼女の声が一瞬ひずんだ。心の奥にひそんでいる子供のような声になった。

「どういうことです？」

「彼がここに来るみたいな」

それ以上詳しい説明はなかった。

「警察に守ってほしいんですか？」

返事はなかった。

「彼から連絡があったんですか？」

「いいえ」

「だったら、何を――？」

「警備は要りません。ええ、要らないわ」バーグマンにというより、自分に言い聞かせているようだった。

「ほかに何か――？」長い沈黙の末にバーグマンは尋ねた。クロフタの出口に近づいていた。昨日しつこく訊きすぎたことを謝り、電話をかけてきてくれて嬉しく思っていると伝えようかと思ったが、結局、やめておいた。

「モッテンとのことだけれど」彼女はそこでことばを切った。「なぜそんなに気になるの？」

気になっているのはそっちじゃないのか？

　バーグマンは〈シェル〉のガソリンスタンドに向かった。

「ただ、捜査の段階で見つかったいろんな穴をふさごうとしているだけです。どんな些細なことでもかまいません。何かあったら電話してください」

　エリザベスは深く吸った息を吐きながら言った。

「わかった」

　バーグマンは車を停めて降りた。

　泥混じりの雪の上を歩いてガソリンスタンドの建物の裏にまわり、煙草に火をつけた。以前、ヘーゲとふたりでここに坐ったことがある。レナにある友人の山荘で週末を過ごした帰りのことだ。ヘーゲとは何度か旅をしたが、その中でもひときわ愉しかった部類にはいる旅だった。あの夏バーグマンは幸せだった。この上なく幸せで、当時はヘーゲも同じだった。彼女はバーグマンとの子供が欲しいとさえ言った。そう、確かにそう言ったのだ。バーグマンは黒い空に漂う灰色の雲を見上げた。次に停まっているトラックの運転台に眼を向けた。フロントガラスのまえに小さなクリスマスツリーが光っていた。クリスマスイヴ、おれはひとりぼっちだ。そこまで考えてやめた。自己憐憫《じこれんびん》にひたるのはやめよう。

「何かあったら私のほうからも電話します」とエリザベスに言った。

「アレックスは彼との子なの」

　電話を切ろうとするバーグマンを引き留めるように、エリザベスが切り出した。

バーグマンは深く煙草を吸った。

「彼との子？」

「アレックスの父親はペールエリックじゃない。モッテンよ。アレックスはモッテン・ホグダの子なの」

そのあとは沈黙が流れた。

バーグマンは待った。

「なぜあなたにこんな話をしているのかしら。クリスティアンヌとはなんの関係もないのに。わたしは一九八八年以降、クリスティアンヌのことを考えないようにしてきた。それだけじゃなくてほかのことも。でも、いつまでもこんなことを続けるわけにはいかない。拒絶ばかりの人生を生きつづけるなんて誰にもできない。わたしの言いたいこと、わかる？」

バーグマンは答えなかった。

「わかる？」と彼女は繰り返した。

「ええ、わかります」静かに言ったが、そのことばはすぐそばのハイウェイを走る車の音に掻《か》き消された。

「ほかにこのことを知っているのは女友達ひとりだけ。今のところはまだほかの人には秘密にしておきたいの。ペールエリックには言わないで」

「もちろん言いません。どっちみち連絡もできないし。学校に問い合わせたところ、タイ

「意外じゃないわ」と彼女は冷ややかな声音で言った。「タイの女性は何も要求しないもの」

バーグマンはそのことばを無視した。気にすべきことはもっとほかにある。

「ホグダがアレックスの父親だと知っている人は誰もいないんですね？」

彼女は間を置いてから言った。

「ええ」

「モッテン・ホグダ本人も？」

返事はなかった。

「知ってるんですね」嘘をつかれたくなかった。一方、彼女を刺激したくもなかった。

「アレックスは？」

「もちろん知らないわ」

「ホグダと直接話したい」

「そう」彼女はすぐに言った。

「今でもやりとりはあるんですか？」

「たまには。しょっちゅうじゃないけれど。彼にはたぶんわからないでしょうけれど、わたしはあるがままを受け入れて少しずつ進んでいくしかないのよ。それに彼が事件とどう関係しているのかもわからないし」

「彼はアレックスの父親で、クリスティアンヌが消えた夜、あなたと一緒にいた。おそらくはクリスティアンヌが殺された夜に」

エリザベスは何も言わなかった。

「ホグダのことをもう少し教えてください」

「彼はペールエリックの友達だった。ビジネスパートナーだったの。あらゆるものを分け合っていた。モッテンが会社をひとりで引き受けるようになるまでは」

あらゆるものを分け合った……彼女も含めてということか。

「もうひとつ」とバーグマンは言った。「アレクサンデル――アレックスが……率直に訊きますが、事情聴取に嘘をついた可能性はありませんか？　あの日は昼すぎから夜十時頃まですっとひとりでいて、そのあとパーティに出かけたという話でしたが、零時よりまえに彼を見たという人がいないんです」

「はっきりとはわたしも覚えてないけれど」とエリザベスは言った。「でも、どうして彼が嘘をつかなければならないの？」

エリザベスはほんとうにわかっていないのか、それともわかりたくないだけなのか。

「クリスティアンヌが姿を消したあの土曜日、彼女もアレックスもほぼ一日じゅうひとりだったわけですよね？」

「アレックスがクリスティアンヌをどこかまで迎えにいったとか、送っていった可能性はありませんか？　ハンドボールの練習のあと」

「ええ、たぶん」

「どういうこと？」

「あの日は十時頃までひとりで家にいて、そのあと友人たちとのパーティに出かけた。それがアレックスの供述です。だけど、そのパーティに出席した者は誰ひとり彼が零時よりまえに到着したのを覚えていない。酒を飲んだ高校生の言うことが信頼できるならの話にしろ。アレックスがクリスティアンヌを車で送っていくことはよくありましたか？　ふたりの関係はどんなでした？」

「何が言いたいのかよくわからないんだけど、あなたはもしかして――」

「彼が何か隠している可能性はありませんか？　何か知っているのだけれど、巻き込まれるのが怖くて黙っているとか」

沈黙が返ってきた。

長すぎるぐらいの沈黙だった。

「いいえ。それは考えられない」

「アレックスは今もトロムソに住んでいるんですか？」

彼女はしばらく答えなかった。

「わたしは――」そう言いかけた。

「なんです？」

「もう切らなきゃ」

バーグマンは車に戻り、ラスク宛ての手紙を入れた封筒を手に取った。頭を万力ではさまれているような気がした。もっともっと時間が必要だった。

アレックスはペールエリック・トーステンセンの息子ではなかった。

ラスクにこの手紙を書いたのは誰なのか？

やはり女か。

43

スサンヌ・ベックが今、誰よりも話したくない相手がハルゲール・ソルヴォーグだった。昼食後の午後の大半、彼女は憂鬱な気分で過ごした。その憂鬱は一時的なもので、それは彼女にもわかっていた。彼女の数かぎりない感情の揺れのひとつで、ニコライも耐えられないとよく言ったものだ。

それなのに、なぜニコライは自分から去っていかなかったのだろう？　なぜわたしのほうが彼のもとを去る破目になったのだろう？　スサンヌは朝の八時から、ただひとつの思い──クリスティアンヌは愛してはいけない相手を愛してしまった──を片時も忘れないようにして、書類を系統的に読もうとしていた。昼食まえにはアフテンポステンの資料保管室まで出向き、ビョルン＝オーゲ・フラーテンが話を売り込もうとした形跡を探した。が、今はただひたすら暗い思いを抱え込んでしまっていた。そんなところに、〝おれは心の眼できみを裸にしている〟とでも言わんばかりのハルゲール・ソルヴォーグがやってきて、落ち着かない様子で部屋の入口に立ったのだ。

スサンヌはゆっくり椅子をうしろ向きにして、泣いているところを見られないようにした。つい十分まえ、遊びでつき合っている彼女なんか捨ててクリスマスには帰ってきて、とニコライにもう少しで電話するところだったのだ。が、実際にはそうするかわりにトイレに駆け込み、声を抑えて泣いたのだった。涙が止まったあとマスカラをすっかり洗い流したので、ソルヴォーグにはスサンヌだとすぐにはわからなかったみたいだった。

「何？」自分の選択を嘆くティーンエイジャーではなく、まともな三十二歳の女らしく見えることを願いながら、彼女は眼鏡をかけた。アンデシュ・ラスクが逃げ、ふたりの看護師が殺され、リングヴォルの医師とその妻が刺殺された。それなのに自分は、ニコライを捨てたこと、クリスマスイヴはマテアとふたりきりで過ごさなければならないことを思い、こそこそとトイレに隠れて泣いている。

「トミーを見たか？」ソルヴォーグの声は刺々しかった。おそらくは本人が意図する以上に。

いいえ、見てない、あんな変人なんか、とスサンヌは内心思ったが、かろうじて口を閉じたまま首を振った。

ソルヴォーグは「そうか」とつぶやいてから、妙な顔でスサンヌを見た。

「何か用ですか？」

ソルヴォーグは肩をすくめた。その動きでシャツの裾がズボンからはみ出した。彼はそれを戻そうともせず、そわそわとニットのジャケットを撫《な》でた。国の求める定年に近づきつつある大の男というより、自信のない少年のようだった。

「いや、ただ……きみも覚えていると思うが……」

何を？　夏のパーティで踊ったときにわたしのお尻を触ったことを？　わたしがスヴァイン・フィンネランと別れたことを？　男って最低。もううんざり。

「マリアのことだ。エードレ・マリア。あの娼……」ソルヴォーグはそこで気づいてことばを切った。スサンヌは自分が憤りに反射的に眼を細めているのが自分でもわかった。立ち上がって平手打ちをしたいところだった。ソルヴォーグが哀れなリトアニア人の少女を娼婦などともう一度呼んだらどうなっていたか。彼は自責の念に駆られ、スサンヌのほうは職業安定所の列に並ぶことになっていただろう。

「彼女がなんなんです？」

「彼女はひとつだけわれわれにもわかることばを言った。それがマリアだった。おれがどこかで聞いた名前だと言ったのを覚えているか？　彼女が最初に言ったのがエードレ、次に言ったのがマリア」

覚えている。そのときはフレデリク・ロイターのおかげで、ソルヴォーグが馬鹿みたいに見えたのも。

「ええ」

「おれの最初のボスだったローレンツェンが昔の事件のことを話してくれたことがあった。以前勤務していた土地で起きた事件で〝エードレ・マリア〟という名を耳にした。どこか北のほうだ」

「何か関係があると思ってるんですか？」スサンヌは眼鏡をはずした。マテアとふたりのクリスマスイヴのことも、二十代のブロンド女の脚のあいだに頭を突っ込んでいるニコライのことも、一瞬にして心から消え去った。ソルヴォーグのことはあまり好きにはなれないが、とはいえ彼も馬鹿ではない。

「どこなんです、あなたのボスのローレンツェンが勤務していたのは？」

「ただの偶然かもしれない」

「調べる価値はあります」

「問題は、ローレンツェンの人事ファイルはもう存在しないということだ。彼も奥さんももう亡くなってるんだよ」

「でも、一緒に働いていた人とか、お子さんたちと連絡を取ることはできるんじゃないですか？　彼の勤務地を知っている人ぐらい誰かいるはずです」

　ソルヴォーグはうなずいた。

「だけど、その話を聞いたのは一緒に働いていた頃の一度だけなんだよ。殺害された死体をおれが初めて見た晩だった。自分が勤務していた北部で、殺されて数ヵ月後に発見された女の子がいたという話だった。検死によると、ナイフで刺殺され、動物に食われていたそうだ。その子の名前がエードレ・マリアだった。確かそうだった」

ソルヴォーグの電話が鳴った。彼は呆《ほう》けたような顔で電話を見つめてまた言った。

「ただの偶然かもしれないが」そう言って、部屋を出ていった。

偶然なんかじゃない。スサンヌは〈クリポス〉の電話番号を調べた。

「一九六〇年代にノルウェー北部で殺された人のリストはありますか？」

電話の向こうの男は冷たく笑った。「ありませんよ。そういうシステムはまだできていませんでしたから。ファイルはたぶん捜査がおこなわれた署にまだあるでしょうけど。あるいは、国立公文書館のほうが可能性は高いかもしれないな。記録が残っていればの話ですが。すみません、別の電話がはいりました」

電話は保留になった。

もう四時半近かった。

スサンヌは窓に映る自分の姿を見ながら悪態をついた。

保育園の園庭ですべり台に仰向けになっているマテアと、歩道にじっと立ってマテアを観察している黒い服の男が頭に浮かんだ。スサンヌは電話を切った。自分を笑う男たちを待つことより娘のほうがずっと大事だ。

コート掛けからダウンジャケットを取ったところで電話が鳴った。

「マルモヤ島に行ってくれ」とバーグマンが挨拶もなしに言った。

「お疲れさまです。ご機嫌悪いみたいですね」

「最悪だ。おれはフールバルゲを殺した犯人の車とすれちがった。それなのにどんな車だったのか覚えてないんだ。どんな車じゃなかったかしか覚えてないんだよ！」

「なぞなぞみたいですね」スサンヌはすでに階段を降りていた。エレヴェーターを待つ時間も惜しかった。運がよければ、保育園が閉まるまえに迎えにいけるかもしれない。保育園のお迎えはいつも最後だったとマテアになじられる日がいつかやってくるのは、もうまちがいない。

「かもな。フールバルゲはラスク宛ての手紙を探していた。何かつながりがあるはずだ。そう思わないか？」

　スサンヌは首を振った。

「トミー……」

「フールバルゲは知り合いに殺されたんだと思う。コーヒーを出そうとしていたところを殺されたんだ。たぶん手紙を書いた人物だ。だけど、手紙を書いたのは女だとおれは睨《にら》んでる。だからわけがわからないんだ」

「こっちもなんのことだかさっぱりわからないんですけど」

　スサンヌはグロンランド通りを走って渡り、クリスマスリースや、タンドール料理店や、丸いほっぺたをしたこびとたちや、ヒジャブをつけた女性たちでごった返す中、タクシーを探した。バーグマンはフールバルゲが探していたという手紙――バーグマン自身は女性の書いたものと確信している手紙——のことを詳しく話した。メドゥーサの涙のことも。

「ラスクの知り合いだったとわかっているのはヨン＝オラヴ・ファーバルグだけだ。何か隠している気がする。報告書を読んでファーバルグに会いにいってくれ。きみの眼で判断してほしい」

ファーバルグの最初の事情聴取の報告書はすでに読んでいた。バーグマンが何を狙っているか、スサンヌにはわかっていた。ラスクの友人だというイングヴァルとは何者なのか？

「手紙を書いたのは女で、ラスクは今、その女に会いにいこうとしてるんじゃないだろうか。ファーバルグに訊いてくれ。おれは今夜、別の人物の話を聞きにいかなきゃならない。こっちも急ぎなんだ」

「わかりました。ベビーシッターを探します」

電話の向こうからバーグマンのため息が聞こえた。まるでスサンヌが子持ちであるのを忘れていたかのようなため息だった。まるで、子供というのはいつだって足手まといだと言わんばかりの。

彼がわたしを常勤に推薦してくれるなど望むべくもない。いや、これをうまくやり遂げなかったらわたしのキャリアそのものが終わる。

「今夜でないといけないんですね」

「今夜でないと駄目なんだ。ファーバルグを調べてくれ。頼む。きみはこういう仕事が得意だから。リーサーカーで話を聞いたときのことも報告書にまとめてあるから読んでくれ。電話番号もそこに載っている。ラスクのことを尋ねるんだ。それを話の糸口にするんだ。彼はラスクを知ってる。そのラスクは現在逃亡中だ。わかってると思うが」

「でも、なぜファーバルグがそんなに気になるんです？」

「ラスクを知っていた唯一の人物だからだ。それに、何か嘘をついているような気がしてならないんだよ。それで充分理由になると思うが」

一度目の電話でアパートメントの階下《した》の住人トルヴァールを捕まえることができた。職場であとひとつ会議が残っており、急に言われてもマテアを迎えにいくことはできないと言われた、それでも、夜のあいだ面倒を見るのは問題ないと言ってくれた。いつも思うことだが、マテアがあと二歳幼かったら、このゲイの彼を父親だと思ったことだろう。

背すじがぞくりとした。報告書の印刷だけはしなければ。スサンヌが保育園に着いたときには、マテアが不機嫌な職員と一緒に入口で立っているはずだ。

歩道で立ち止まり、携帯電話の登録リストからバーグマンにかけた。

「自分で――」言いかけたが、呼び出し音は通話中の合図に変わっていた――〝自分で行ったらどうですか？〟

向きを変え、今来た道を戻った。警察本部の建物は、公園の木々に囲まれた氷の城のようだった。まるでこれからアンデルセン童話の中の雪の女王に会いにいくみたいだ。

雪の女王。

悪い魔女。

ラスクに手紙を書いたのは女性だとバーグマンは言っていなかった？　メドゥーサの涙などということも？

スサンヌはパソコンの電源を入れ、時計を見た。五時十分まえに来るようタクシーを呼んだ。それならなんとか間に合うだろう。検索窓に〝メドゥーサ〟と打ち込んで、出てきた文章をざっと読んだ。


〝ギリシャ神話に登場する怪物。髪は生きた毒蛇でできている。その眼を直接見た者はみな石に変わる。もともとは若く美しい女性で、多くの崇拝者がいたが、海の神ポセイドンがアテナの神殿で彼女を捕らえて犯したために、怒ったアテナは彼女の髪を蛇に変え、その顔を見た者が誰でも石に変わるよう醜いものに変えた〟


「まったくわからない」スサンヌはつぶやいた。

エードレ・マリア。メドゥーサ。

考えている暇はない。バーグマンがファーバルグと会ったあとに書いた報告書を読まなければ。

ファイルは見つかったが、コピー室のプリンターは紙が切れていた。壁のコルクボードには、モンバサからの絵はがき、クリスマスランチのお知らせ、若い女性職員からの結婚祝いへのお礼のカードがとめてあった。誰かの妻からのメッセージメールを印刷したものもあった。スタベックの学校のクリスマスパーティに関する内容で、スサンヌはまだ開封していないコピー用紙の束を持って床に坐り、それをこっそり読んだ。

〝一日頑張ってね。愛してる〟。一番下にそう書いてあった。

スサンヌは最後のことばを人差し指でなぞりながら小さくつぶやいた。

「愛してる。今もきみを愛してる」

44

軽音楽専門の局でさえラジオはラスクとイエンスルードゥが逃走したニュースで持ちきりだった。なんとかして聞かずにすませたくなるようないつものつまらないコマーシャルが、その合間に流れた。バーグマンは古いカーラジオのチャンネルを国営放送のNRKに切り替えた。捜索の主力部隊は相変わらずヴェストオップランの警察で、バーグマンには好都合だった。ニュースキャスターは、バーグマンがフラータンガーとともに〈クリポス〉に出向いているあいだに、フレデリク・ロイターが留守番電話に残したのと同じ内容を伝えていた。曰く、ふたりがリングヴォルを出るときに乗っていた紺のオペル・コルサは、ソーレムで黒焦げの状態で発見された。アンデシュ・ラスクの愛人であることが判明した看護師が、ソーレムの人里離れた林道のそばに別の車を用意していたと見られる。ただ、彼女は最初の車を手配したことを否認しているため、ラスクとイエンスルードゥが現在逃亡に使っている車は特定できていない。警察はふたりが危険人物であり、おそらくは武器を携行していることを〝一般市民〟がパニックを起こすことなく、公表しなければならない。それが難問なのは明らかだ。ヴェストオップランの警察署長は、エストランナに住むすべての人々に、警戒を怠らず、知らない相手が訪ねてきても決してドアを開けないよう警告していた。

なんとも結構なことだとバーグマンは思った。これで百五十万の人間が見知らぬ相手にドアを開けなくなった。ムンケダム通りの数少ない空きスペースに車を停め、グラヴボックスからレイヴンのピストルを取り出した。ラスクとその同行者がバーグマンを訪ねてこようと思っているなら、ふたりそろって脳天をぶち抜いてあの世に送ってやろう。

とはいえ、ラスクが自宅に忍び込んだかもしれないと思うと、さすがに落ち着かなかった。いや、彼であるはずがない。いずれにしろ、地下の収納室に侵入したのは彼ではない。隣りの麻薬中毒の息子を捕まえなければならない。その息子でもその仲間でもないのはわかっていたが。そいつらならわずかながらでも価値のあるものは持っていったはずだ。ワインや、ヘーゲが置いていった古い銀器といったものを。あそこに侵入した人物にはめあてのものがあったのだ。あるいは、ただ単におれを怯えさせたかったのだろうか。だとしたら、そのことには成功した。認めたくはないが。見えない敵がいると思うと、やはり心がざわつく。

エレヴェーターでストランネン通りのビルの最上階に上がった。バーグマンは自分に腹が立っていた。ピストルに手をかけ、ポケットのジッパーが閉まっているのを確かめた。馬鹿げているかもしれない。それでも誰かに——もっと言えば、七人の少女を殺すような人間に——自宅に侵入されて気持ちがよくなるわけがない。

最上階では、モッテン・ホグダが自ら玄関でバーグマンを出迎えた。バーグマンの靴はすでに、玄関ホールに敷かれたペルシャ絨毯《じゅうたん》に水たまりをつくっていた。ホグダはそれをちらっと見た。バーグマンを使用人のひとりとでも思っているかのように。絨毯の下の木の床まで濡れているかもしれない。いい気味だ――ホグダに対して反射的に嫌悪感を覚えながら、バーグマンはそう思った。金があればあるほど人は狭量になる。

ホグダに案内され、アート作品が並ぶ廊下を進んだ。何が描かれているのかじっくり見る余裕はなかったが、パステルカラーが使われた絵であることだけはわかった。ホグダは居間に案内した。これを居間と呼ぶならの話だが。この部屋だけでバーグマンのアパートメント全体より広かった。

「コートはそこに掛けるといい」ホグダは横柄に言って、コート掛けを指差した。誰だか知らないが、それが名の知れたデザイナーによるものなのは一目瞭然だった。

バーグマンはひそかに笑わずにはいられなかった。ホグダはオスロの方言で話そうと頑張っているが、うまくいっているとは言いがたい。それでもオスロでも最上級のビルに自宅を構えている。そこは認めなければならない。アパートメントは船をモチーフにしており、バーグマンは船上にいるような気分になった。居間の壁のひとつは全面が窓になっており、市庁舎、アーケシュフース城、ブンネフィヨルド、ネースオデン半島が一望できた。絵はがきのような城の景色と何千というビルの照明のきらめきに、バーグマンは催眠術にでもかかったような気分になった。

「飲みものはいかがかな？」

ホグダはオープンキッチンの脇に立っていた。食べもののにおいはせず、キッチン自体も使われたことがないのではないかと思われるほどきれいだった。しかし、それは驚くことではない。家のことは一日に二回来る家政婦に丸投げし、夕食はすべて外食。ホグダはそういうタイプの男だ。

「ウィスキーか、コニャックか、それともアルコールじゃないほうがいいかな？」

「コーラでけっこうです」

「じゃあ、コーラで」当初の不機嫌さは消え、今はバーグマンに言わせればいかにもオスロの西側っぽい洗練された親しみやすさを演出しようとしていた。が、実のところ、ホグダはオスロとはかけ離れたノルウェー北部の小さな村の出身だ。おれを騙《だま》すことはできないぞ、とバーグマンは思った。経済的な安定と教育とまともな地域で育ったことに裏打ちされる自信――人はそれがあるかないかのどちらかに二分される。たとえ税金を一億クローネ納めていたとしても、それは変わらない。そこが成金の弱みだ。ホグダは漁師の息子にすぎない。人生初の稼ぎは、せいぜい桟橋でタラを洗って得た駄賃程度のものだろう。ほんとうに賢い人間はそのことを常に自覚し、これ見よがしの態度など取ろうとは思わないはずだが――

「ノルウェー北部のどこの出身でしたっけ？」とバーグマンはコーヒーテーブルにグラスを置くホグダに尋ねた。

「クヴァーナンゲン」一瞬ためらったあと、返事が返ってきた。

「そうでした。オスロ出身じゃないんですよね？　私はどこでそれを知ったんだったかな」とバーグマンはわざと田舎者っぽい笑みを浮かべて言った。

ボグダはテーブルの反対側に腰をおろし、クリスタルグラスに注いだウィスキーを飲んだ。今のバーグマンのことばにいくらか身構えたように見えた。ハンドメイドの靴にぴしりと折り目のはいったズボン。バーグマンは思わずほくそ笑みそうになった。仕事に人生を賭し、努めて洗練された人間に見せようとしてきたにちがいないボグダに、オスロの東側の出自の貧しい刑事がソファにどっかと坐って尋ねている。あなたはどこの漁村の出身かと。どう見ても笑える構図だ。母がノルウェー北部の出身であり、その意味ではバーグマンも彼と大して変わらないのに。バーグマンはそのことを早々に明かそうかとも思ったが、思い直し、あとに取っておくことにした。

「エリザベスの話だと、きみはいろいろと知っているということだが……」ホグダはぼんやりと自分のグラスを見つめながら言った。すでに空《から》になっていた。

「捜査の穴を埋めたいんです」ホグダが単刀直入に切り出してくれたので、バーグマンとしては楽に話を進めることができた。

「トーステンセン夫妻――ペールエリックとエリザベスとは親しかったんですか？」

「正直に言うと、バーグマン……」ホグダは立ち上がるとゆっくりキッチンに行き、〈ブッシュミルズ〉の瓶を持ってきてまた坐り、そのアイリッシュ・ウィスキーをグラスに半分注いだ。「私はどうしてきみとこうして話さなければならないのか、その理由がわからない。ただ、エリザベスに話してくれと言われたんでね。これは彼女のためにしていることだ。確かに私たちは親友のペールエリックに隠れて長年関係を続けていた。そして、確かに私はアレックスの父親だ。もちろんアレックスは知らないが。私自身も長いこと知らなかった。しかし、それがクリスティアンヌとどう関係してくるのかわからない。クリスティアンヌはペールエリックの娘で、彼はあの子を深く愛していた。ペールエリックにとってはあの子がすべてだったんだよ、バーグマン。ほんとうに」

バーグマンは考えた。ホグダは臆病者ではない。それはほぼまちがいないだろう。真剣な顔でバーグマンの眼を見すえている。彼の眼は青緑に近い緑で、全盛期にはさぞかしもてたことだろう。六十歳を超えてくたびれてはいるものの、今でもこれと思った女性を自分のものにするぐらい手もないだろう。あるいは、実際、手あたり次第ものにしているのか。

「長くはかかりません。さっきも言ったとおり、捜査の穴を埋めたいだけです。ご存じのとおりラスクは再審を勝ち取った。なのに病院から逃げ出した――」

「信じがたいことだ」とホグダは言った。「やつを見つけたら撃ち殺してほしい。私としてはそれ以外に言うことばはないよ。だから、やつらが抵抗すればいいと思っている。そうしてくれれば、それはあのふたりの狂人を社会から排除する立派な理由になる」彼はウィスキーをたっぷり口にふくんだ。

「確かに。さっきの質問に戻りますが、あなたはエリザベスの家族と親しかったんですか？」

「ああ。私の最初の妻と二番目の妻もそうだった」

「クリスティアンヌが生まれたあとも？」

「彼女が殺されるまでだよ、バーグマン。ペールエリックがあの日曜の夜、電話をかけてきて、クリスティアンヌが見つかったと言うまでだ。大の男があそこまで身も世もなく泣く声を初めて聞いたよ。彼の悲しみを癒すためならなんでもするつもりだったが、私にできることは何もなかった。二重の悲劇だった。ペールエリックは長年にわたり、エリザベスにひどい扱いをしていた。それでもなんとか、私が思っていた以上に冷静さを取り戻した矢先のことだったんだ、最愛の娘が殺されたのは。私は彼が自殺するんじゃないかと思ったよ。エリザベスが実際にそうしようとしたと知るまえのことだが」

彼は探るようにバーグマンの眼を見た。昔、彼女の手首から流れる血を止めたのがバーグマンであるのを知っているのだろうか。

「クリスティアンヌがいなくなった日、あなたたちは一緒だった。そうですね？」

「午後の二時から翌日の日曜の午前十一時まで」

「ずっと一緒だったんですか？」

彼は黙ってうなずいた。

「何をしていたんです？」

ホグダは鼻を鳴らして言った。

「浮気をする人間が通常することに決まってるだろうが。何もかも忘れて、ただヤリたかったんだろうよ」

バーグマンは何も言わなかった。

「伴侶を裏切るときはたいていそういうものだ、だろ？」

「たぶん」

「私は何人もの男たちのひとりにすぎなかった」ホグダは考え込むようにして言った。「エリザベスは長いこと、欲しいと思った男を片っ端から自分のものにしていた。それが彼女にとっての慰めだったんだろう。ペールエリックは大人しい善良な男とは言えなかったから」

「クリスティアンヌのことはよく知っていたんですか？」

ホグダはウィスキーを飲み干すと、そこに答を見つけようとするかのようにしばらくグラスの底をじっと見つめた。

「何が言いたいんだ、バーグマン？」青緑に近い眼を細めて彼は言った。

「彼女に関して、第三者からの客観的な意見を聞きたいだけです。少し距離を置いて彼女を見られると同時に、彼女の家族を知っている人物からの」

「私は第三者とは言えない。そうは思わないか？」

ホグダは自分のグラスにまた〈ブッシュミルズ〉を注ぎ、黙り込んだ。

「クリスティアンヌがどういう子だったのか、自分なりにイメージしようとしたいんです」

「これだけ年月が経っているというのに、そんなことをしてなんの意味がある？　それで彼女が生き返るとでもいうのか？　それでエリザベスがこれからの人生に平安を見い出せるというのか？」

ホグダは立ち上がると、ウィスキーのグラスを持ってどこかへ行った。バーグマンは自分の手と手帳、何も書かれていないページ、そして、ガラスのコーヒーテーブルに置かれたペンを見つめた。

引き戸を開ける音がした。

続いて、スピーカーから低い音が流れてきた。造りつけらしく、スピーカーの本体は見えなかった。聞いたことのあるオペラで、聞き覚えのあるテノールだった。

冷たい隙間風が居間の床を流れ、そのあと煙草の煙のにおいが続いた。バーグマンは自分の煙草を取りに玄関に戻ろうと思い、その途中の廊下で足を止めた。そして、写真を使ったアートのひとつをとくと眺めた。こうしてゆっくり見てみると、何が表現されているのかわかった。若いアジア人女性――おそらく日本人――が暗い部屋で両手をロープで縛られて天井から吊り下げられている。その表情からは苦痛にもがいているように見えるが、はっきりとはわからない。全身痣《あざ》だらけなのかもしれないが、パステルカラーの赤が絵全体を被っているのでしかとはわからない。いや、そうにちがいない、バーグマンは思い直した。その思い直したとたん、吐き気が咽喉に込み上げ、その女性の優美な体から眼をそらした。手をうしろで縛られて辱められている女性の写真もいくつかあった。モノクロの写真の上に、黄色、ピンク、緑の絵の具が大胆な筆致で塗られている。最後にバーグマンが見たのは、棺桶に横たわる、これもおそらくは日本人と思われる若い女性の死体――演技だろうが――の写真で、死体の上には蘭《らん》の花びらが撒かれ、女性の顔には紫の死斑が出ていた。

それらの写真を頭から追い払い、バルコニーにいるモッテン・ホグダの隣りに並んだ。雪は激しさを増し、アーケシュフース城はほとんど見えなくなっていた。バーグマンはコレクションを見た動揺からまだ立ち直っていなかった。コレクション……なんのコレクションなんだ？　あれは芸術ではない。別のものを思い起こさせる……おれ自身を。

「壁に写真が掛かってますね」

「きれいだろう?」ホグダは街並みを眺めながら言った。バーグマンがいつバルコニーに出てきたのかも気にはならないようだった。

「アキラ・ノビオキだ。かなり注ぎ込んだよ。東京からニューヨーク、ケープタウン、ブエノスアイレスまで、彼のコレクターは世界じゅうにいる」

「お孫さんたちはあまり来ないんですか?」

「客自体あまり来ない。私は人とつき合うのがそんなに好きじゃないから。それに、子供はいない」

「アレックスがいる」

彼は静かに笑った。

「ノビオキの作品はほかに類を見ない。彼独特の美的感覚があるんだよ。毎年二、三冊、手頃な値段で写真集を出してる。もし興味があればきみも買うといい」

「ああいうものに興味があるんですか? 拷問に?」

ホグダは眉をひそめた。

「拷問と呼びたいならそう呼べばいい。どうやらきみはリベラル派ではないようだね。寝室で起きることは寝室の中だけにとどまるという考えだな。あれは芸術だよ、バーグマン。芸術だ」

バーグマンは煙草に火をつけてひそかに微笑んだ。もうそろそろ辞去すべきなのだろうが、今そうすることでホグダを喜ばせたくなかった。ふたりは黙ったまま煙草を吸った。雪が街の音をほぼ完全に包み込み、居間から流れる静かな音楽のほかは、オスロとのあいだを運航するフェリーの音がかすかに聞こえるぐらいだった。どこかで聞いたことのあるオペラ。思い出そうとしているのがホグダにも伝わったらしい。両切りの〈キャメル〉の火を消すと、全天候型のチーク製のバルコニーテーブルの上に置いたパッケージから新たに一本取り出し、火をつけて言った。

「なぜイヤーゴはあそこまで邪悪なのか？　きみは警察官だ。教えてくれ」

オテロか。流れていたのはヴェルディの『オテロ』だ。まえにどこで聞いたんだろう？　またしても、リングヴォル精神科病院の廊下に立って、患者の眼を見つめている自分の姿が頭に浮かんだ。床にガラスが落ちていたのを覚えている。耳をつんざくような悲鳴が聞こえていた。子供の頃のことだ。今、それがはっきりと思い出された。しかし、それはどこだったか……

いきなり記憶が甦った。

トゥヴェイタにいた頃近所に住んでいた人。母が信頼する数少ない人のひとりだった。ホグダが咳払いをしてから静かに言った。「そもそもオテロの人生を壊すことで、どんな満足が得られる？　心から自分を信頼しているオテロの人生を破壊してなんの得がある？　しかも他者の無知を巧みに利用して」

「わかりません」バーグマンはオテロのあらすじはほとんど覚えていなかったが、覚えているふりをした。

「イヤーゴはオテロに、妻が不貞を働いていると信じ込ませた。自分が就くと思っていた地位にオテロが昇進させた男と浮気していると。しかし、なんのためだ？　オテロがこの世のなにより愛している女性をオテロに殺させたかったからか？　それで、イヤーゴにはどんな満足が得られる？」

バーグマンは答えなかった。ふたりは黙りこくって、ただ煙草を吸った。ホグダはウィスキーを飲んだ。出直すべきであることはバーグマンにもわかっていた。面と向かって、彼の婦女暴行に関する報告書を読み上げてやりたかったが、今その件で揺さぶりをかけるのは得策とは思えない。

「クリスティアンヌはいい子だった」とホグダは言った。「ほかに何が言える？　あの子は何にでもなれたし、欲しいものはなんでも手に入れられた。母親と同じだ。恵まれた暮らしをしていた。たぶん私以上に」

バーグマンはうなずいて言った。

「アレックスはどうです？」

ふたりの視線が合った。ホグダは眼をそらした。

「アレックスがなんだ？」

「彼とは連絡を取ってるんですか？」

彼は首を振った。

「彼はあなたが父親なのを知っている」鎌をかけてみた。

「それが事件と何か関係があるのか？」ホグダの表情は変わらなかった。

「ありません」エリザベス・トーステンセンがおれに嘘をついていることを別にすれば。

バーグマンは心の中でそうつぶやいた。

「そうか。ああ、アレックスのことは知っている。何度か会ったことがある」

「私は嘘をつかれるのが嫌いな人間でしてね」

「さっきは確かに馬鹿なことを言ってしまったよ」彼はまだ何か隠している。

「彼女から――エリザベスから嘘をつくように頼まれたんですか？」

「いいや」

バーグマンはそれ以上深追いはしなかった。ホグダのことは信じていないが、ここでいったんやめることにした。エリザベスはほかにどんな嘘をついているのだろう？　あるいは、どんなことを他者に口止めしているのだろう？　彼女にしてみれば、どうやらおれは御しやすい相手なのだろう。だから、眼のまえで平気で嘘をつくのだろう。

ホグダは、眼下の桟橋に繋留《けいりゅう》されている船のうちの一艘《いっそう》の話を始めた。どこかのアメリカ人が冬のあいだそこに繋いだままにしているらしい。

ちがうかね？」

「自由な連中だよ、彼らは。したいことをしている。そういう気楽な人生も悪くない、

「でしょうね」

バーグマンは帰ることにした。ホグダも一緒に玄関に向かう途中、ふたりはモダニズムの画家による大きな絵のまえで立ち止まった。

「これが私の船だ」そう言って、ホグダは指差した。海沿いの夏の家の絵だった。船は陸のすぐそばで浮かんでいた。左下の隅に画家による覚え書きがあった。〝ヴァッセル島にて一九八七年〟

縛られ、痛めつけられている女性たちの不気味な写真のまえをまた歩きながら、バーグマンは疑問に思った。こういった女性たちの写真を見るのが耐えられないのは、エリザベス・トーステンセンのことを考えてしまうからだろうか？　彼女もああいうことが好きなのだろうか？　そう思うと苦しくなった。さらに、苦しいというその事実がよけいバーグマンを苦しめた。

ホグダはバーグマンの手を固く握った。まるで互いによく知る者同士ででもあるかのように、もう一方の手を重ねまでした。その大きな手は柔らかくて温かくて、爪も手入れされていて、女性の手のようだった。

「私にできることがあったらぜひ連絡してくれ。あのふたりの狂人を一刻も早く捕まえて

くれ」

バーグマンは通りを歩きながら、ダウンジャケットのフードをかぶった。吹雪から顔を守るためか、こちらに向かって歩いてくるカップルから顔を隠すためか、自分でもわからなかった。カップルは体を寄せ合い、男は女のことばに笑っていた。ふたりとも、おそらくバーグマンと同じ四十歳前後だろう。つき合いはじめたばかりなのか、互いを傷つけることなく炎を燃やしつづけてきたのか。そのどちらかだ。

バーグマンは、ネースオデン行きのフェリーが岸を離れ、その光が激しさを増す吹雪の中に消えて見えなくなるまで、立ったまま見送った。

おれは考えちがいをしていたのか？　ふとそんな思いが去来した。標的までたどりついた挙句に、最後の最後で一杯食わされたのか？

ここに来たときにはホグダのことをあまり好ましく思っていなかったのだが、帰るときにはいくらか好意を覚えるようになっていた。彼が何度か暴行罪で訴えられたことも、おそらくは売春街の常連であろうこともいっとき忘れられた。

そうした好悪とは別に、ホグダが言ったこと、あるいはしたことの何かに、バーグマンの本能のようなものが反応した。

警察署の駐車場に車を停める段になって、それがなんだったのかようやく気づいた。

モッテン・ホグダは一九七〇年代後半から、ヴァッセルに別荘を持っていた。
ヴァッセルまで車で行く際、通る町は?
トンスベルグ。
ひとり目の犠牲者となった少女が住んでいた町だ。

45

これまで何度トルヴァールに助けてもらったことだろう。スサンヌはマテアの部屋からそっと出た。娘の小さな体が発する熱がまだスサンヌのセーターに残っていた。トルヴァールは少しまえから、ドア枠に寄りかかってふたりを見ていた。スサンヌは彼の頬に手をやった。

「あなたが異性愛者だったらってよく思う」と彼女は廊下で囁《ささや》いた。「そのこと知ってた?」

彼はとてつもなくハンサムで、歳もスサンヌと同じだ。なのに、神は彼を女性のものにしないことをお決めになった。

「その恰好でデートに行くの?」古いウールのセーターを着込むスサンヌに向かって、トルヴァールが言った。

「デートじゃないわ」彼をハグしながらスサンヌは言った。

「刺激に満ちた人生だね」

「仕事だって言ってるでしょ、トルヴァール」

彼は首を振った。「人生は本番であって、最終リハーサルじゃない」

そのとおり。

スサンヌはダウンジャケットを抱えて階段を降りた。踏み段についている真鍮《しんちゅう》の飾りがフログネル通りの中庭を思い出させた。実際に行ったことはなかったが、現場写真は見ていた。

犯人もこうやって歩いて現場を立ち去ったのだろうか？　心乱すことなく、落ち着いて。殺人など起きていないかのように。そのとき彼は何を考えていたのだろう？　あるいは彼女は。

メドゥーサはポセイドンにレイプされながら、その罪を自ら負った？

タクシーに乗っている短い時間のあいだに、バーグマンがラスクの部屋で見つけた手紙を読んだ。バーグマンが電話で音読し、スサンヌはそれを古い〈エル〉誌の裏表紙の〈ランコム〉のモデルの顔の上に書きとめた。〝移動遊園地……ジプシーの女性……あなたにはあなたの才能……わたしが住んでいるところから見る海は黒く……〟。その手紙はアンデシュ・ラスクに宛てて女性が書いたものとバーグマンは確信していた。スサンヌは首を振った。女性。なぜ女性なの？

タクシーはオルモヤ島方面に曲がり、スサンヌは手紙を読むのをやめてルームライトを消し、降臨節の飾りつけをした家々に眼をやった。両親が亡くなったら、マルモヤ島に古い家を買おうか。父が母に説き伏せられて、わたしに相続権を与えず、法律が定める最低限の遺産しか遺されなければ、それもまた夢物語になってしまうが。

「姉のリーネが死んだのはわたしのせい？」と彼女は神に尋ねるかのように声に出さずに言った。そして、そうかも、と自分で答えた。いったいわたしは何をしてるの？

タクシーがオルモヤ島に架かる橋をゆっくりと渡るあいだ、スサンヌはギリシャの島を彷彿とさせるオスロの島での生活はきっと愉しいにちがいないと思った。

「そんな生活もよかったかも」そんなことを胸につぶやくうち、車はヨン＝オラヴ・ファーバルグの家のまえで停まった。

スサンヌは、去年のクリスマスにニコライに買ってもらった高価なバッグを肩に掛けた。タクシーが走り去ると、なんだか見捨てられたような妙な気分になった。マテアがいる自宅からそんなに遠いところまで来たわけでもないのに、一瞬、二度と娘に会えないのではないかという恐怖に襲われた。

月が雲のあいだから顔を出し、スイスの山小屋風の古い家のすぐ下の水面に細い光を投げかけた。スサンヌは砂利の上で立ち止まり、ラスク宛ての手紙の写しをはさんだプラスティックのフォルダーがバッグの奥にしっかりはいっているのを確かめた。

また空を見上げた。雲の層はほぼ完全に分かれており、しばらくぶりに、雲のない空を拝めそうだった。しばらく星を眺めた。街中より空が暗いため、星がはっきり見えた。それでもいつものとおり、スサンヌにわかる星座は北斗七星だけだった。どうやらわたしは天文学者には向いていないようだ。例のジプシーのような占星術師は言うまでもない。

呼び鈴の音がドアの向こうで静かに聞こえた。その音が消えると、あとはおだやかな波の音しか聞こえなかった。

スサンヌはドアに耳をつけた。気のせいだったのだろうか？　呼び鈴は鳴らなかったのだろうか？

今は何も聞こえなかった。

屋外灯はついていなかったが、一階も二階も、窓の中は明るかった。

スサンヌは時計を見た。まだ九時五分まえだ。

足音が近づいてきた。女性の声がした。誰かに向かって話していた。いや、おそらくひとりごとだろう。機嫌が悪いようだった。こんな時間に呼び鈴を鳴らす人間がいるのが気に入らないのだろう。

ドアを開けた女性は、スサンヌが警察の身分証を見せてヨン＝オラヴ・ファーバルグは在宅かと尋ねると驚いたようだった。

「彼が何かしたんですか？」彼女は静かな声で尋ねた。豊かな白髪をだんごにまとめていた。教師か、あるいは家にスタジオを持つアーティストか？

玄関ポーチから家にはいるドアは閉まっていたが、ドアのガラス越しに奥の玄関広間が見えた。

スサンヌは首を振った。

「とんでもない。捜査に協力していただけないかと思ってうかがったんです」そう言って、愛想よく微笑むと、相手も笑みを返してきた。

「それはごめんなさい。驚いてしまって」

彼女はビルギット・ファーバルグと名乗った。この家は彼女の実家の持ちものなのだろうか？　はっきりとした理由はなかったが、スサンヌはなんとなくそんな気がした。

「ヨン＝オラヴはシャワーを浴びています。ランニングのあとなので」

「待たせてください」

「知らせてきますね」彼女は腕時計を見た。高級なものだ。「それから、ニュースを見なきゃ。あの逃走騒ぎ、恐ろしいこと。ああいう人たちが野放しになっていると思うと、外に出るのも怖い気がする。ラスクがうちの玄関に現われたらどうしようなんてことも考えちゃう。主人は彼と一緒に働いていたことがあるし」

彼女はスサンヌを書斎に案内した。窓から海が見えた。今も月は出ており、波に映るその光が跳ねて屈折していた。光がまるで夢見心地のダンスを踊っているかのようだった。

急いで二階に上がっていく足音が聞こえた。

テレビの音で、二階の物音はいっさいスサンヌの耳には届かなかった。ただクリスマス関連のコマーシャルが流れていたのはわかったが。スサンヌには、アメリカ風のそのコマーシャルが眼に浮かぶようだった。とことんカメラ映りのいい両親に子供が二、三人。クリスマスの朝、全員がパジャマ姿でプレゼントを開けている。

現実ではない。現実を描いた幻想ですらない。

ニュースが始まった。思ったとおり、ラスクたちの逃走がトップだった。スサンヌにはキャスターがことさら真面目な声を出しているように思えた。でも、だとしても誰に彼を責められる？　実際、真面目な話なのだから。ふたりの看護師を殺したとんでもない狂人がふたり。それが今、どこにいてもおかしくない状況なのだから。

スサンヌは、ラスクが自分のことを知っているのではないかという思いに囚われ、それを振り払った。バーグマンがラスクに自分のことを話したのではないか。彼らは今まさにマテアを捕まえにいこうとしているのではないか。

バッグから携帯電話を取り出した。どこからも連絡はなかった。まったく。どういう連絡が来るというの？

マテアのことを思うとどうしても心が弱くなる自分が嫌でならなかった。全身を細い針に覆われているような気分になる。マテアの身に何かあったら、一斉にわたしの肌を刺す針に。その結果、わたしはゆっくりと血液を失い、やがて死ぬ——

ウィングチェアから立ち上がり、本の背表紙を見てまわった。元教師だけあって、ファーバルグは蔵書家だった。妻も元教師なのだろう。気づくと、自身の過去を振り返っていた。スサンヌも大量の本に囲まれて育った。母は、働く必要はなかったのだが、教師の仕事をしていた。人間に関する本をあれだけ読んだ人がなぜあんなに冷たくなれるのだろう？

ふたつの本棚のあいだの壁に、古いリトグラフかエッチングがいくつか掛かっていた。モノクロの肉感的な女性の裸体――ソルン（スウェーデンの画家、版画家）のものだ。その横には、豊かなひげを生やした禿《はげ》頭の男のモノクロ写真が掛かっていた。男はカメラマンの隣りにある何かを見つめている。ストリンドベリ（スウェーデンの小説家）と帝政ロシア末期の怪僧ラスプーチンを足して二で割ったような表情をしていた。どう見てもまともな精神状態ではない。

写真の下端に白い字で書かれていた――〝グッドウィン。ヨン・ノレン。ウプサラ〟。

「やあ、どうも」背後からの声が隣りの部屋のテレビの音を掻き消した。

ヨン＝オラヴ・ファーバルグは部屋の戸口に立っていた。裸足で、水色のオックスフォードシャツのまえをはだけ、ブルージーンズを穿いていた。タオルで髪を拭いていた。

その若々しさにスサンヌは驚いた。実年齢より十歳は若く見える。表情はまるで、そう、たった今セックスをしてきたばかりのようだ。ただし相手は妻ではない。妻は気むずかしくて近寄りがたい雰囲気を醸している。セックスとはあまり縁がないような。

彼は近づいてきて自己紹介した。

「もうひとりは？　バーグマンだったかな？」

「用があって」

ファーバルグは、スサンヌのうしろの革のソファを示した。

「ラスクが逃走しました」とスサンヌはテレビ・ルームのほうを頭で示しながら言った。「看護師がふたり殺されました。もちろん全部ご承知でしょうけれど。あなたはラスクを以前から、クリスティアンヌ・トーステンセンが殺される頃から知っていた」

「アンデシュは何を考えているのだろう」ファーバルグは、テレビ・ルームの入口の引き戸を顎で示した。

「何か馬鹿なことをしようと考えていなければいいんですけれど。すでにしたことよりさらにひどいことを。そんなことがあるとすれば」

ファーバルグはシャツのボタンをとめた。額が汗で光っていた。ランニングのあとのシャワーが早すぎたようだ。

「この天気にランニングとはすごいですね」

「健康は永遠に続くものではないからね。すべては意志の問題だ。天候ひとつに左右されてはいけない」ウィングチェアの背もたれにタオルを掛けて、彼は腰をおろした。「人は若返ることはできないんだから。きみは何か運動はしているか？　それとも、健康診断のまえだけ頑張るタイプか？」

スサンヌはそれには答えず、気が進まない笑みを返した。よけいな話はいいから。

「車でエーケベルグ公園まで行って走ることもある」ややあって彼は言った。「あるいはルスタサーガとかね。ヘッドランプをつけて走るのにいいところだ」

「どうなると思います？　ラスクはどこに行ったと考えられます？　あなたは誰よりラスクのことをよく知っていらっしゃる」スサンヌはまたテレビのほうを示した。ヴェストオップランの女性警察署長は低くてよく響く声をしており、警視総監の声とは好対照だった。彼女がこの事件とどう関わっているのかはわからないが、おそらくは法務大臣に出ろと強要されたのだろう。

「わからないね。そもそも彼をよく知っていたわけでもないし。彼のことは誰もよく知らなかった」

「ラスクは知り合いを探して、その人のところで身をひそめようとしているのか、あるいはその人を殺そうとしているのか。そういうことをするかもしれないと思いますか？」

ファーバルグは怪訝な顔をした。スサンヌは彼の眼を見つめた。が、少し長すぎた。まるで素人だ。

「どのみちここへは来ないよ」彼は笑みを浮かべかけ、そこで気が変わったようだった。来ないとは言いきれないことに気づいたのだろう。

「看護師を殺したのはもうひとりにちがいない」とファーバルグは言った。「アンデシュが成人男性ふたりを殺せるはずがない。もうひとりの名前はなんといったかな？」

「イエンスルードゥ。オイステイン・イエンスルードゥです」

ファーバルグは体をぶるっとさせ、ぼんやりした様子でシャツの袖のボタンをとめながら、ひとりごとのように言った。

「イエンスルードゥ」

「ご存知なんですか？」

ファーバルグは答えなかった。

「ラスクが逃げたということは、ほかの少女たちを殺したのも彼だということになると思いませんか？　医師については？　ラスクが医師を殺した可能性はあると思いますか？」

ファーバルグは肩をすくめた。

「正直に言えば、アンデシュに人を殺せるとは思えない。そう言えば、グンナル・アウストボの連絡先を探す約束をしていたね。クリスティアンヌの担任だ。バーグマンから聞いているか？」

スサンヌはうなずいた。

「なかなか見つからないんです」

「朝一番に取りかかるよ」

「実のところ、ここに来たのは、あなたがおっしゃっていたラスクの友人の話をするためなんです」

「友人？」ぴんと来ないようだった。

スサンヌは身を乗り出した。

「ああ、なるほど」ファーバルグにもスサンヌの言いたいことがわかったようだった。

忘れられるようなことだろうか？　スサンヌは、これまでファーバルグの話に真剣に耳を傾けなかったバーグマンを呪った。なぜラスクと話したときに、ラスクのその友人――イングヴァルという男のことを訊かなかったのだろう？　いずれにしろ、ラスクたちは遠くまではいかないだろう。たぶん……たぶんラスクはまずその友人のもとに行こうとするのではないか。スサンヌは心が昂《たかぶ》っているのが自分でもわかった。

ドアをノックする音とともに、ファーバルグの妻が現われた。

このふたりがどういう経緯で一緒になったのか、スサンヌには理解できなかった。ファーバルグは彼女にはもったいないほどハンサムで、彼女よりはるかに生き生きしていて、社交的だ。妻もかつては美しかったのだろうが、その容貌はすっかり衰えていた。スサンヌにはふたりの結婚生活がどんなものなのかよくわかる気がした。静かで空虚。そして、たまに恨みや諍いが爆発する……

「もうすぐ妹が迎えにくるわ。今夜は妹のところに泊まるから」彼女はスサンヌの視線を避けて言った。

「わかった」ファーバルグは振り返りもせずに応じた。二度と帰ってこなくていい――そう言っていてもおかしくないような冷めた口調だった。

妻はドアを閉めた。ファーバルグはスサンヌを見て顔をしかめ、首を振った。

「なかなか大変でね」

「その友人ですが」とスサンヌは言った。彼の青い眼を避けるために手帳に視線を落とした。玄関のドアがばたんと閉まり、家の中がさらに静かになった。

「イングヴァル。よくわからないが――」

「この線は探る価値が大いにありそうなんです」事実、大きな手がかりになるかもしれない。スサンヌは手帳に大きな字で〝イングヴァル〟と書いた。

「ラスクと一緒に働いていたんでしょうか？」

「バーグマンにも言ったとおり、そうだと思う。といって、確信があるわけじゃないが」

「イングヴァルについて、ほかに何か覚えていることはありませんか？　最初にラスクから彼のことを聞いたのはいつでした？」

「夏に教区牧師の家で開かれた、職員のパーティじゃないかな。アンデシュは少し飲んでいた。普段はめったに飲まないんだが――」

「イングヴァルはヴェットランズオーセンでは一度も働いていません」とスサンヌは言った。

ファーバルグは首を振って、椅子から立ち上がった。一瞬、スサンヌのほうにまっすぐ向かってくるかのように思われた。が、横を通り過ぎただけだった。通り過ぎるときに、スサンヌのウールのセーターの肩にズボンが軽く触れた。さらに数歩進んで足音がやんだ。

「この家に越してきてから何度こうしてここに立ったことか」

スサンヌは坐ったまま半ば振り返った。ファーバルグはスサンヌに背を向け、海に向かってゆるやかに傾斜している庭を見つめていた。

「もうここ以外の場所には住めない」

スサンヌは自分がここに住むことを想像した。もし彼の妻が二度と帰ってこなかったら。ファーバルグは、すぐさま寒い寝室でスサンヌと体を重ねるだろう。そして、寝たあとにはタイルストーヴをつけるだろう。翌朝、スサンヌは遅く目覚める。マテアには個室を与えてあるから……

何を考えているの！　スサンヌは思った。いったい何を考えているの？　きみは色情狂なの？

ファーバルグはソファに戻った。スサンヌは、馬鹿げた空想が彼に伝わってしまったような気がして、顔が赤くなった。

「アンデシュが在籍したことのある学校から職員リストを手に入れられるか試してみるよ。職員の記録はライラが事務長に就任してからはすべて保管されているはずだ。アンデシュのフォルダーもまだ持っているんじゃないかな。持っていなかったら、彼の最後の勤務先だったブリン中学校から取り寄せてくれるだろう。早く止めなければ。彼らは今も逃走中なんだから。何か恐ろしいことが起きてもおかしくない」

「ありがとうございます。事務長には、警察からの要請であること、くれぐれも内密にしてほしいこと、この二点も伝えてください」

「連絡先を教えてもらえるかな？　それともバーグマンに連絡したほうがいいのかな？」

スサンヌはバッグを取り、中を探った。彼の視線を意識しながら、一番下にもぐり込んでいた名刺を見つけた。

「女性とハンドバッグ。切っても切れない関係だね」彼の笑みは温かった。弱い光の中で眼の色はグレーに見えたが、ほんとうはブルーであることをスサンヌは知っていた。

「スサンヌ・ベック。アーリル・ベックと関係があるのか？」

スサンヌは髪に指を通しながら、一瞬どうしようかと悩んだ。

「父です」

ファーバルグは小さく口笛を吹いた。

「似ていると思ったよ」

スサンヌは立ち上がった。父の話をするために来たわけではない。正直に言えば、そもそもなぜマテアを置いてここまで来たのかもわからなくなっていた。そう、バーグマンに頼まれたからだ。ちがう、命令されたからだ。

「ご協力ありがとうございました。その番号にいつでも電話してください」

この家は夢にすぎない――廊下を歩きながらスサンヌは思った。

ファーバルグの妻のことを思い出した。どこに行ったのだろう？

玄関ポーチまで来ると、ファーバルグが言った。「彼は山小屋の別荘を持っていた」スサンヌの腕に触れ、しばらくそのままでいた。ふたりの眼が合った。彼は微笑んでスサンヌの手を取った。

「誰がです？」

「今思い出したよ」ファーバルグはスサンヌの眼をまっすぐ見つめ、納得がいったという様子でうなずいた。「そうだった。アンデシュが言っていたんだ」

「イングヴァルは山小屋の別荘を持っていた？」

「そうだ」ファーバルグは髪を掻き上げ、考える顔つきになった。が、ややあってあきらめたように鼻から大きく息を吐いた。「場所が思い出せない。駄目だ」

「思い出してください」

「イングヴァルは山小屋に住んでいる」

「住んでいる？」

ファーバルグはおもむろにうなずいた。

「彼はそう言っていた」

ファーバルグはドアを開けた。冷たい風が顔に吹きつけ、おかげでスサンヌは頭がすっきりした。カナダグースのジャケットのフードを引っぱり上げた。ニコライによく、コヨーテの毛皮で顔を包まれると、小さな女の子みたいに見えると言われたものだ。

すべりやすい階段を慎重に降りた。

「ほかに何か思い出したら、あるいは万にひとつアンデシュから連絡が来たら、電話するよ」

ファーバルグはそう言って微笑んだ。

「最後にひとつだけ」とスサンヌは言った。が、すぐには振り返らなかった。隣りの家もスサンヌの周囲も暗く、一瞬恐怖を覚えた。振り返るのが怖かった。

「マリア」そう言いながら振り返った。

ファーバルグは首を傾げた。外はひどく寒いのに、彼はシャツ一枚だった。体の中にストーヴを内蔵しているのか。

「なんだって？」

「マリアという名前に心あたりはありませんか？　あるいはエードレ・マリア。アンデシュ・ラスクがマリアかエードレ・マリアという名の女性か少女の話をしたことはありませんか？」

ファーバルグは答えなかった。

「聞き覚えありませんか？」

「ないね」

スサンヌは待った――われわれは女性を捜してる。そう言いたかったが、それは言えなかった。アンデシュ・ラスクに手紙を書いた女性。今、ラスクが会おうとしているかもしれない女性。スサンヌは家の中に戻ってタクシーを呼びたかったが、やめたほうがいいという思いのほうが強かった。

「どこに住んでいる？　車じゃないのか？」

「歩きます」

「車で送っていこう」

スサンヌは〈ルイ・ヴィトン〉のバッグの中に手を入れ、携帯電話を握りしめた。

「ボーイフレンドが迎えにきてくれるので」

ファーバルグは何も言わなかった。

「ボーイフレンドも警察官？」

スサンヌはうなずいた。

「それともタクシー運転手かな？」彼はそう言ってくすくす笑った。

スサンヌは歩きはじめた。

「グンナル・アウストボのことがわかったら電話するよ」ファーバルグは彼女に声をかけた。「それでいいね？」

46

建物にはいった瞬間、バーグマンは何かがちがうと感じた。はっきりとはわからなかったが、朝、自分が家を出たあとに何かが起きた。ダウンジャケットの右ポケットのジッパーを開けた。レイヴンの薬室にはすでに弾丸《たま》が一発送り込まれていた。必要ならジャケットの中からでも撃てる。向きを変え、地下の収納室への階段を降りた。下に着くと、照明のスウィッチを入れてすばやく振り返った。階段下には何もなかった。

ピストルに手をかけたまま、地下室のドアの鍵を開けて明かりをつけた。中にはいり、左、そのあと右を見たが、あるのは雪掻きシャベル数本と自転車四、五台だけだった。荒削りの板に南京錠のついた収納室のドアをひとつひとつ念入りに見ていった。

自分の収納室の南京錠は新しいものに交換していなかった。ドアが勝手に開かないよう、古いものをつけたままになっていた。が、今見ると、わずかな隙間がある。誰かが壊れた錠をはずしてそのままにしたかのようだ。すばやく近寄った。ドアまであと二歩のところで、ポケットからピストルを取り出した。やはり南京錠ははずされており、ドアは開いていた。ドアを大きく開いた。こめかみが激しく脈打ち、耳鳴りがして、それ以外の音は聞こえなくなった。ピストルを構えると、すばやくまわりに向けた。

張りつめていた肺の空気が一気に抜けた気がした。幸い何もなかった。幸い？　おれは何をしてるんだ？　収納したものに誰かが手を触れた形跡もなかった。たぶん、誰かがたまたま錠にぶつかり、ちゃんともとに戻さなかっただけだろう。

階上《うえ》に戻ると、やはり入口で何かがあったという思いが強くなった。入口の横に並ぶ郵便受けのまえで足を止め、コルクの掲示板を眺めた。クリスマスマーケットのお知らせ。ベビーカー売りますというチラシ。一月の住宅組合の総会への参加呼びかけ。管理会社の〈プロパティ・サーヴィス〉からのお知らせ。

ズボンのポケットからキーホルダーを取り出し、ピストルが落ちないようジャケットのポケットのジッパーが閉まっているのを確かめた。郵便受けの鍵を慎重にまわした。鍵は乾いた音をたててまわった。中には窓つき封筒がひとつはいっていただけだった。今回ばかりは、はいっていたのが請求書なのがありがたかった。

いや、ちがう。

郵便受けの奥にたたんだ紙切れがはいっていた。

狭い開口部に手を突っ込み、紙を取り出した。最初は、白い紙に文字が躍っているだけで、文章になっていないように見えた。が、やがてメッセージの内容がわかると、バーグマンは郵便受けから一歩離れて、地下に続く壁に寄りかかって体を支えずにはいられなかった。

ほんとうに彼に見つけられてしまったのだ。その思いが止まらなかった。それしか考えられない。ピストルに手をやった。ピストルはジャケットのポケットに収まっていた。ゆっくりと周囲を見まわした。

誰もいない。バーグマンひとりだった。

近くの部屋のテレビの音もしなかった。完全に静まり返っていた。片手をピストルにかけたままメッセージを読み直した。

ホワイトチャペル殺人事件（十九世紀末にロンドンで起きた未解決連続殺人事件）では、犯人は助産婦かもしれないと言われていた。知っていたか？　女だ。そうに決まっている。助産婦なら、血に濡れたエプロンをつけたまま人前《ひとまえ》を歩いてもおかしくない。女の体のつくりもよく知っている。大量の血を見ることにも慣れている。どうして警察はもっと早く考えつかなかったのか。このままでは彼を、いや、彼女を見つけるのが手遅れになる。

トミー、友よ。どう思う？

やはり女か？

私を覚えているか？

私はもう少しで彼女に一生の傷をつけるところだった。そしてきみにも。

彼女は彼女を思い起こさせた。

すべては彼女に関することだった。

きみにこれが――われわれふたりは同じだということが――理解できるなら、私はクリスマスまえに死ねるだろう。

友よ、私のことなど心配するな。私はすでに見てしまったのだから。地獄が口を開けているのを。

バーグマンはただ首を振りながら、しばらくその場に立ち尽くした。〝きみにこれが――われわれふたりは同じだということが――理解できるなら、私はクリスマスまえに死ねるだろう〟。クリスマスまではもう二週間もない。それに〝われわれふたりは同じ〟とは？ほんとうだろうか？〝われわれふたりは同じ〟……母の写真が消え、そして今度はこれだ。アンデシュ・ラスクの部屋で見つけた手紙のコピーを取り出した。フールバルゲが探していた手紙だ。

筆跡はちがっていた。

ラスク宛ての手紙は女の手で書かれたものだ。それはまちがいない。そして、今回の手紙は男の筆跡だ。捜査対象はふたりだ。ラスクと連絡を取っていた女。そして男。おれを知る男……？

ゆっくり周囲を見まわした。紙を慎重にたたんでジャケットの内ポケットにしまった。指紋のことは気にしなかった。入口のドアからはいってこの手紙を郵便受けにすべり込ませた人物は、手袋を使ったにちがいないからだ。階段の吹き抜けにしばらく佇んだ。

手紙を置いていった男はどうやってはいったのだろう？

通りに面したドアは、地下室のドアと同じ鍵を使うようになっている。市内の正規の業者で、マスターキーの合鍵をつくるところなどないだろう。そんなことをすれば商売を続けられなくなる。マスターキーはきちんとした手続きを経てつくられる。住宅組合と大家はすべての鍵とその所有者を把握している。

誰かと一緒にはいってきたか、どこかの部屋の間借り人のインターフォンを押して、中に入れてもらったのだろう、たぶん。バーグマンの母の写真を盗んだときにも、そうやって建物の中にはいったにちがいない。が、バーグマンのアパートメントの鍵はどうやって手に入れたのか？　今になって、彼はようやく自分の玄関の錠を取り替えなければならないことに思い至った。

手始めに、自分の向かいの部屋に住むパキスタン人一家の呼び鈴を鳴らしてみた。三回鳴らしてから何度かドアをノックしたあと、あきらめた。中からテレビの音が聞こえたが、のぞき穴の向こうは暗かった。バーグマンだとわかって、返事をしないことにしたのだろう。この一家とは何度か揉めたことがあり、一度、その一家の母親が窓から前庭に投げ捨てた肉の切れ端を本人に拾わせたこともあった。「ここはパンジャブの村じゃない」バーグマンは難詰口調で言った。夫が玄関口まで出てきて、人種差別だと文句を言ったが、その鼻先でドアを閉めてやった。バーグマンの人物評はいくつかあり、その大半はあながちまちがってもいないが、人種差別主義者というのだけはあたらない。仕事柄、見聞きすることから多くの同僚がファシスト化していくこの職にあっても、その点は今後も変わらないだろう。一家の父親にドアがあたったかどうかはわからないが、あたったとしてもせいぜい鼻血が出た程度だろう。それでも、バーグマンを一家が無視したとしてもそれは不思議ではない。

階段を上がりながら、ポケットから手紙を取り出した。踊り場で立ち止まり、読み返した。今度はゆっくりと、書かれていることばを嚙《か》みしめるようにして読んだ。〝われわれふたりは同じ〟のところに来るとまた背すじが凍ったが、注意を惹かれたのはそこではなく、最後の文章の語順だった。

友よ、私のことなど心配するな。私はすでに見てしまったのだから。地獄が口を開けているのを。

〝私はすでに見てしまったのだから。地獄が口を開けているのを〟。二階の左側のドアの呼び鈴を押しながら、バーグマンは思った。彼は――男なのはまちがいない――はなぜ〝私はすでに地獄の口が開いているのを見てしまったのだから〟と書かなかったのだろう？

バーグマンは二階の若いカップルに尋ねた。ふたりの答は、ゆうべも今日も何も聞いていないし、何も見ていない、だった。三階の住人の答も同じだったが、娘が学校から帰ってきたら、今朝誰かを中に入れなかったかどうか訊いてみるとは言ってくれた。

最後の望みは、最上階のインゲブリクトセン夫人だった。呼び鈴を鳴らすまえに、吹き抜けの横の窓を開けて建物の入口――三階下を見下ろした。雨よけの覆いがあるため、誰かが入口でインターフォンを鳴らしていても見えない。しかし、寝室の窓からなら見えるかもしれない。

インゲブリクトセン夫人のアパートメントの呼び鈴を鳴らして待った。テレビの音が聞こえていた。だから中にいるのはまちがいない。バーグマンは時計を見た。テレビのまえで居眠りでもしているのだろうか。

もう一度呼び鈴を鳴らした。彼女が最後の頼みの綱だ。入口のドアを開けて見知らぬ人間を中に入れた住人がいなかったら、郵便配達人か、それともどこかの家の客でないかぎり、中にはいったのは、入口の鍵を自由に使える人物ということになる。

バーグマンは古いのぞき穴から眼を離さなかった。一九七〇年代に取り付けられたと思しいそののぞき穴は、魚眼レンズではなくただ透明なガラスを使ったものだった。その小さな穴の向こうが黒に変わり、インゲブリクトセン夫人がドアのまえに立ったのがわかった。

錠がまわり、続いてかんぬきがはずされる音がした。

「またあなたなのね、バーグマン」インゲブリクトセン夫人は、チェーンをかけたドアの隙間から半ば驚いたように言った。古びたチェーンは、四十年まえに彼女の夫が買った安物だろう。その気になれば、簡単に壊して侵入できる。

「今日かゆうべ、知らない人に入口のドアを開けませんでしたか？」

「うちのアパートメントの？」

「いいえ、建物の入口の。インターフォンで開けるにしろ、ご自分がはいるときに誰かと一緒にはいったにしろ。たとえば、ほかの住人を訪ねてきた人と」

彼女は首を振ってからチェーンをはずした。バーグマンを信頼するに足る相手だと思っているのを示したいのか。

「そうねえ、ちょっと待って」そう言って、途中までドアを開けた。物忘れが始まっているのだろうか？　態度がおかしかった。うしろめたいことがあるのか、それとも単に認知症の沼に沈みつつあるのか。「そう言えば、あなたに花を配達しようとしていた人がいたわね」

バーグマンはできるだけ自分を抑えた。それでも、思わず眼を大きく見開いたことだけはごまかせなかった。

「私に花を?」微笑んだつもりだが、うまく笑えているどうか自信はなかった。

彼女はうなずいた。

「ええ、あなたへのお花だってその男の人は言ってたわ」

「それはいつのことだったか覚えていますか?」

「今日のお昼。十一時か十二時頃かしら。最近忘れっぽくってね。午後だったかも」

「で、中に入れたんですね?」

答えるまでに少し間《ま》があった。

「いけなかったの?」インゲブリトクセン夫人は声をひそめて言った。バーグマンは彼女の眼を見つめた。深い青の虹彩のまわりは充血しており、眼が潤んで、今にも泣きだしそうな顔をしていた。

「とんでもない。花をもらうのはいつでも誰でも嬉しいものです」とバーグマンは微笑んで言った。今のはうまくいった。

インゲブリトクセン夫人も微笑み返し、老いた女性がよくやるように、頭に手をやって髪形が崩れていないか確かめた。さっき〝私に花を？〟と訊き返したバーグマンの声音は明らかに驚いていた。が、それには気づいていないようだった。

「あなたをひそかに慕っている人からかしら？」と彼女はからかうように言った。

バーグマンは首を振った。

「それはなさそうです。その男を見てはいないんですね？　花を配達してきた男のことです」

「ええ。窓から階下《した》を見たけど、見えなかった」

「〈インターフローラ〉か何かの花屋のトラックが停まっているのも見ていない？」

「ええ。でも、いい声の人だった。丁寧で愛想がよかったし。最近じゃそういう人は貴重よ」

「そうですね。でも、いい声というのは？」

インゲブリトクセン夫人は眉をひそめた。混乱しはじめているのかもしれないが、彼女は愚かな女性ではない。通常どおりに見えた。

「どうしてそんなことを訊くの？」

バーグマンは笑みを浮かべ、努めて彼女の警戒を解こうとした。それはいくらかは成功した。

「特に理由はありません。ただ、誰だったのかと思って」

「誰だったのか？」

どうやらこれ以上は無理のようだった。さらにいくつか質問してみたものの、彼女の頭がはっきりしている時間は過ぎてしまったようだった。

バーグマンは辞去し、廊下を歩きながら思った。自分が誰を招き入れてしまったのか。それを知ったら、彼女はきっと自らを嘆くだろう。

階段をゆっくりと一階まで戻った。一段降りるたびに、あの妙な文章の手紙を郵便受けに入れた人間が待ちかまえているような気がした。


われわれふたりは同じ。

地獄が口を開けている。


頭痛がした。これまで何度も感じたことながら、自分はこういう仕事をするには頭が悪すぎると改めて思った。またしても何も見えないまま、ただひとりダンスをしていただけなのか？　モッテン・ホグダは北部のフィンマルク出身だ。どうして今までそのことについて考えなかったのだろう？　バーグマンの母もそのあたりの出身だ。正確にどこかはわからない。おれは自分のことを何も知らない――そのことが頭から離れなくなった。しまいには、頭の中にはそのことしかなくなった。おれのアパートメントにはいって母の写真を盗み、今日インゲブリトクセン夫人にドアを開けさせたのはホグダだろうか？　だったらどうして母の写真など欲しがったのか。

自分のアパートメントの玄関ドアに鍵を差しながら、バーグマンはふとあることに気づいた。

ゆっくり振り向き、階段の下の郵便受けを見た。ドアの横の掲示板に眼が釘づけになった。

六段の階段をゆっくり降りて、雪掻きの方法を説明した紙を破り取った。

〈プロパティ・サーヴィス〉

アスゲイル・ノーリの会社だ。

エリザベス・トーステンセンの現在の夫の。

バーグマンは携帯電話を取り出して、彼女の番号にかけた。

「おかけになった番号はお出になりません」電話の向こうの声が言った。

アンデシュ・ラスク宛ての手紙を手に取った。

メドゥーサの涙。

女の筆跡。

おれはずっと以前にどこでエリザベス・トーステンセンを見たんだ？

47

頭の下に彼の腕が敷かれているような気がした。もちろんちがう。わたしの腕だ。

「トルヴァール？」暗い部屋に向かってスサンヌは声をかけた。彼のコロンの香りが鼻の中に残っていた。スサンヌはベッドにまた横たわった。彼がまだ横にいて、わたしを抱いて髪を撫でてくれていればいいのに。ヨン＝オラヴ・ファーバルグの家から帰ったあと、なぜか不安につきまとわれた。帰宅後すぐに通信司令部にいるレイフ・モンセンと電話で話したのだが、不安は去ってくれなかった。ヴェストフォルの山小屋の所有者の中にイングヴァルという人物がいないか調べてほしいと言うと、モンセンは、およそバーグマンには報告できないような汚いことばで文句を言った。いつものことだが、そのあとスサンヌは自分のことも、マテアのことも気にかける余裕もなく、ベッドに倒れ込んだのだった。

ハンサムなゲイの腕の中で眠るほど安心できることがほかにあるだろうか？

スサンヌは手を上げて、発光する腕時計の文字盤を見た。二時三十分。トルヴァールはとっくにベッドから出ていったのだろう。時計を見るとニコライのことが頭に浮かんだ。彼のガールフレンドのことも。それから、自分が無性にずっと年上の男——父親と同年代の男——を求めていることも。

寝転がったまましばらく天井を見つめた。天窓を通して聞こえてくる外のさざめきにまた眠りに誘われかけた。

眠りに落ちる寸前、スサンヌは思った。なぜわたしは目覚めたのだろう？　夢を見ていたから？　思い出せなかった。アパートメントのどこかで電話が鳴る音が聞こえてくるまでは。

「電話」とつぶやいた。そうだ。電話の音で眼が覚めたのだ。そして今電話がまた鳴っていた。

服を着たまま寝ていたにもかかわらず、羽毛布団を体に巻いてキッチンに向かった。電話はカウンターの上で緑の光を放っていた。ファーバルグではないことを祈った。いったいわたしは彼にどんなシグナルを送ってしまったのだろう？　彼のような男が決してあきらめないことは、彼女にも充分すぎるほどわかっていた。

電話を取って着信番号を見た。知らない番号だった。オスロの局番だ。今夜トルヴァールが窓に吊《つ》り下げたクリスマス飾りの星を見ながら、ゆっくりと電話を耳にあてた。

「スサンヌ・ベックさん？」女性の声だった。

「どなた？」

「夜分に申しわけありません」

女性はことばを切った。スサンヌは眉をひそめた。妙な感覚——マテアの部屋に誰かがいるような感覚――を覚えた。トルヴァールはちゃんとドアを閉めていっただろうか？　安全錠はかかっていなかった。

「どなたですか？」声が硬くなっていた。羽根布団を床に落とし、キッチンテーブルの上の〈ポール・ヘニングセン〉のライトをつけた。

「ロヴィーセンベルグ病院から電話しています」

母のこと？　いや、ちがう。それなら電話はバールムから来るはず。それに、母が死んだとしてもわたしに連絡が来ることはない。

玄関まで行って調べた。よかった。鍵はかかっていた。安全錠もかけて、マテアの部屋のほうに廊下を歩いた。

「どうしてもあなたと話したいという患者さんがいるんです」

スサンヌはマテアの部屋のまえで足を止めた。ドアに貼りつけた、カラフルなプリンセスの絵に手を触れた。

「朝になってからじゃ駄目なんですか？」

「朝まで持ちこたえられるかわかりません」

腕に鳥肌が立った。

「その患者さんというのはフラーテン？　ビョルン＝オーゲ・フラーテンですか？」

「ええ。あなた以外とは話さないと言っています。情報を持っているそうです。ドクターから、あなたをお呼びする許可が出ました」

束の間の沈黙ののち、スサンヌは答えた。「死なせないで。すぐに行きます」

マテアも連れていくしかなかった。トルヴァールには今夜はすでに充分すぎるほど世話になっている。

ドアを開けた。マテアは寝言を言っていた。

「ママ……ママ……」

「ここにいるわよ」とスサンヌは言った。

マテアは眠ったまま壁のほうに寝返りを打った。息づかいが荒く、スサンヌは一瞬ためらった。時計を見た。ニコライのことを考えてしまい、この時計はクリスマスまえに売ってしまおうと自分に誓った。

十分後、マテアはすっかり身支度をして、ドアの横でスサンヌを待っていた。冬物でさえあれば好きなものを着ていいと言ってあった。小さな白のリボンがついた緑のヴェルヴェットのワンピースに白いウールのタイツ、青いダッフルコートという姿のマテアは、もうすぐ朝の三時という時間にもかかわらず、まるでオスロの最高級レストラン〈テアーテル・カフェエーン〉にでも出かけるみたいだった。頭には長くつ下のピッピに似合いそうな帽子をかぶっている。

どんな親子に見えるのだろう？　スサンヌは外の冷たい風を受けながらそんなことを思っ

た。

「たのしい」とマテアが言った。

「そう？」

幸い、バスターミナルのまえにタクシーが二台停まっていた。

「何も訊かないで」スサンヌは、着飾ったマテアをシートに坐らせながら、運転手に言った。

「これから何するの？」マテアは尋ねた。

タクシーはトンネルに向かって速度を上げた。

「男の人と話をしにいくの」スサンヌは娘の小さな手を取ってぎゅっと握った。もうすぐ死にそうな男の人と。フラーテンの母親の声が聞こえるような気がした。さきに彼の告白を聞かなければならない。

トンネルを出ると、いきなりトリニティ教会が現われ、スサンヌはその威容に圧倒されそうになった。教会の壁の横には、毛布と段ボールでホームレスの寝床がつくられていた。タクシーはギアチェンジをして、すべりやすいウッレヴォル道路を進んだ。スサンヌはマテアの手を撫でた。救世主墓地の名誉の森は闇の中に消えていた。フラーテンがあそこに埋葬されることはないだろう――スサンヌはふとそんなことを思った。

「ビョルン＝オーゲ・フラーテンと話をしにきました」病院の精神科救急病棟に着き、看護師に言った。看護師はキーボードを叩きながら、ちらりとマテアを見た。

「ハーイ」とマテアは言った。

「しばらくこの子を見ててもらえませんか？　絵が描けるような紙をもらえれば、手はかかりませんから」

「ココア、好き？」と看護師はマテアに尋ねた。名札に〝ヨールン〟と書かれた彼女のおだやかなヴェストランネ訛りに心が安らぎ、スサンヌは思い出せないぐらい久しぶりに落ち着いた気分になった。

「彼はここに来るべきじゃなかったんです」とヨールンはスサンヌに言った。「一過性精神病の症状が出て、パトカーでうちに運ばれてきたんですけど」

「どこに運ばれるべきだったんですか？」

「ホスピスです。明日そちらに移します。それまで持ちこたえられればの話ですけれど」

「精神病なら――」

「投薬治療はおこないました。それが最後の頼みの綱ですね」

マテアはヨールンと一緒にナースステーションに残った。今日会ったばかりのヨールンをすっかり信頼していた。そうした大人への信頼があの子にとってマイナスに働くかもしれない日がいつか来たりするのだろうか。

スサンヌはフラーテンの病室のドアをゆっくり開けた。隣りの部屋から叫び声が聞こえて飛び上がり、ナースステーションのほうを見た。不思議なことにマテアは少しも怯えていなかった。

わたしったらどういう母親？　夜中に娘を起こして精神科救急病棟に連れてくるなんて。

フラーテンの病室にはいった。

壁掛け照明の光がビョルン＝オーゲ・フラーテンの顔をやさしく照らしていた。彼の眠りは浅かったらしく、スサンヌが部屋に二歩はいっただけで眼を覚ました。

「病気のふりをしてここに入れてもらったんだ」彼はかすれた声で静かに言った。「まともなところで寝たかったんでね」

スサンヌはジャケットを脱いで床に置き、ベッドのそばの椅子に坐った。

「実際あなたは病気なんでしょ？」

フラーテンは眼を閉じた。ひどく年老いて見えた。

「おれがここにいるのを知ってるのはあんただけだ。おふくろも知らない。おれのことをあきらめたからな。わかるだろ？」

「わたしはあきらめてないわ」スサンヌはそう言って、恋人のように彼の手を取って握った。

「おれはみんなをがっかりさせた。おれの幸せを願ってくれたみんなを。あんたまでがっかりさせたくない」

「どういうこと？」

「おれを信じちゃいけなかったんだ。誰もおれを信じない」

「じゃあ、真実を話してください」

「あんたにはクリスティアンヌを殺した犯人を見つけてほしい。あの女の子たち全員を殺した犯人を」

スサンヌは彼の手を放した。彼は力を振り絞ってスサンヌの手に手を伸ばした。

「スコイエンブリーネの鉄道橋の下で彼女を見た」

「彼女が消えた土曜日に？」

「ああ」

「彼女はそんなところにただ立ってたの？」

「おれは市の中心部発の電車から降りたんだが、プラットフォームから出たのはおれが最後だった。歩道に降りて煙草に火をつけようとしていたら――」

「していたら？」

「すぐ先の橋の下に女の子が立ってたんだ。ノーストランのクラブチームのバッグが歩道に置いてあった。彼女は自分がそこで何をしているのかわかってないみたいで、おれに煙草を持ってるかって訊いてきた」

「煙草？」

「だから一本やった。おれはアマリエンボルグに帰るところだけど、来たかったら一緒に来てもいいって言ってやった。おれは危険じゃないからと言って」

「彼女は名前を言った?」

「いいや。だけど、その次の週、写真を見た。新聞で。行方不明になったって報じられてた」

「彼女はあなたについてきたの?」

「あんた、おれを信じてないだろ?」

「信じてるわ」

スサンヌは彼の手を撫でた。

「彼女はおれと同じ方向に行こうとしていた。だからパーティに行くのかって訊いたんだ」

「そうしたら?」

「ある人を訪ねるんだと言ってた」

「誰だか言ってた?」

「言わなかった」

フラーテンはゆっくりと首を振った。

「おれたちはアマリエンボルグで別れた」

「途中誰かとすれちがったりしなかった?」

「犬を連れた婆さんとすれちがった。ずっと下を向いていた。おれみたいなのが嫌いなんだろう。ジャンキーが好きなやつなんかいないだろうが。アマリエンボルグはおれみたいなクズだらけだ」

「それから？」

「〝わたしのことは心配しないで〟。それが彼女の最後のことばだった。何かに悩んでるみたいだったが、おれはいちいち訊きたくなかった。どうせ男のことだろうと思ったけど、訊いてもしょうがないだろ？」

「それで？」

ノックの音がした。フラーテンの視線がそちらにわずかに動いた。スサンヌはまだ彼の手を取り、さすった。

看護師のヨールンがマテアと一緒に立っていた。

「あんたの子か？」フラーテンが小声で言った。

スサンヌはうなずいた。

「子供をこんな夜中に連れ歩いてるというのは、子供はいても、あんたは独り身なのか？そうは見えないけど」

「ある意味、人はみんな独り身よ」

生よりも死に近いところにいる彼を見て、マテアは怯えているにちがいない。

眼から涙を流しながら、フラーテンは小声で尋ねた。

「名前は？」

「マテア」とスサンヌも小声で答えた。

「決して自分に言うものじゃない」

「ええ？」

「自分にもう一回チャンスがあればなんてさ」

スサンヌはまた彼の手を取った。今まさに命の火が消えようとしているような気がした。

「彼女と別れたとき、何をしたの？」

「なんだって？」

「彼女と――」

「おれは家の中にはいるふりをして、十秒か十五秒様子を見ていた。立って彼女を見てたんだ」

スサンヌは彼の手を握る手に力を込めた。

「彼女はそのあとどこに行ったの？」

「あんたも信じないだろうな」

「信じるわ」

「左に向かった。テラス付きのアパートメントのほうに」

「テラス付きのアパートメント?」

「中庭とテラス付きのアパートメントがあるんだよ。〈セルヴォーグ〉建設が建てたみたいな」

「彼女はそこに行った?」

「ああ。ほかのところに行くつもりならネドル・スコイエン通りまでまっすぐ行ったはずだ。彼女が曲がった通りは、そのアパートメント・ビルで行き止まりなんだよ」

「ママ」とマテアが窓の横から言った。「おうちに帰りたい」

ビョルン＝オーゲ・フラーテンはゆっくり微笑んだ。

「連れて帰ってくれ。でも、ひとつだけ約束してほしい」

「約束するわ」

「おれを信じてくれ」

48

アパートメントの中のものにはいっさい触れられていなかった。バーグマンは冷蔵庫を開け、古くなった野菜やチーズ、それになんだかもうわからなくなってしまったものを捨てた。真ん中の棚の奥から、存在を忘れていた缶ビールが二缶出てきた。バーグマンは一缶を開けて二口飲んでから、帰宅途中で買ったドアチェーンを取り付けた。店によれば、頑丈な商品だということだった。

このドア枠にはいささか頑丈すぎるかもしれない。ねじを締めながらそう思った。古いドア枠は軋《きし》んだような音をたて、見ると、中央部に縦にひびがはいっていた。実用的な作業から長く離れていたせいだ。最初に千枚通しを使うことすら忘れていた。このまま続けると、全体が割れてしまう。ビールを飲みおえると、これでなんとか対処するしかないと思い直した。来るなら来いだ。ひとりかふたりか知らないが。来るのがラスクなら、イェンスルードゥも一緒だろう。いずれにしろ、明日錠前屋に電話をかけよう。

居間の真ん中に立ち、本棚を見つめた。写真が盗まれたことは通報すべきだったかもしれない。が、通報してどうなる？　痕跡なき不法侵入。侵入した人物は鍵を持っていたにちがいないのだ。

棚から自身の古い写真を手に取った。七年生のときの写真だ。それを撮った日は雨が降っていた。秋と雨――それがもっとも鮮明な子供時代の記憶だった。いつも秋で、いつも雨が降っていなかったか？　おれはほかの記憶はすべて脳の奥底に閉じ込めてしまったんだろうか？　ほかに覚えていることはなんだ？　アパートメントの建物のあいだを舞う枯れ葉。埃っぽい春の日。なんの目的もない空虚な郊外暮らしの春。早く過ぎゆくことを願う夏。狭いアパートメントに照りつける太陽。地下鉄の駅の割れた窓。地面に落ちるガラスの音。プラットホームを走り、線路を越えるスニーカーの足音。膝をつくジャンキー。階段に寝転がってシンナーを吸っている落伍者《らくご》。温かい夏の夜。トゥヴェテン通りの高架下で犬のようにまぐわうカップル。

バーグマンは首を振り、一九七〇年代版トミー・バーグマンを埃っぽい棚に戻した。

ソファに横になり、ウールの毛布を掛け、あの邪悪な手紙を読み返した。

ロイターに電話をかけるべきだったのだろうが、疲れていた。

地獄が口を――

ここに来たら、殺してやる。

いつでも来い。それが眠りに落ちる直前、最後に思ったことだった。コーヒーテーブルの上のレイヴンのピストルが、夢の中にも出てきた。アーミーブーツが濡れ、懐中電灯の光がバーグマンの前方の黒いトウヒの幹を照らし、先の森の中に、光る道具を使って何か作業をしている人物の姿が見えた。バーグマンは歩く速度を上げようとしたが、苔《こけ》や泥や、足元の水のせいで、足を速く動かすことができない。ポケットのピストルに手をやると、ピストルは落ちて地面の中に消えていった。作業をしている人物のところまで着くと、光る道具を持っていたその人物は消えており、少女が地面に倒れている。暗くて顔ははっきり見えない。少女は首から下に向かってまっすぐに切り裂かれており、腹を押さえて静かに泣いている。顔は人形のように真っ白だ。バーグマンが屈もうとすると、少女は彼のほうを向いて発作的な叫び声をあげる。その声の大きさにバーグマンは沼地の濡れた地面に尻餅をつく。

ソファの上で起き上がった。汗ばんだ肌に鳥肌が立っていた。

あの音。

少女の叫び声。

建物の入口のインターフォンの音だ。

その鋭い音がアパート全体を突き抜けるように響いた。部屋は誰かがヒーターを切ったのかと思うほど寒かった。

インターフォンがまた鳴った。

バーグマンはコーヒーテーブルのピストルを手に取った。ＤＶＤプレイヤーのディスプレーに表示されている時刻は午前三時四十分。

毛布を撥《は》ねのけて床に足をおろした。一瞬、足をつく先が苔の生えた沼地なのではないかと思った。夢と現実がないまぜになり、抜けられない迷路にはいり込んでしまったような気分にもなった。

またしてもインターフォンの音。

彼であるはずがない。こんなふうに来るはずがない。

そう思いながらも、居間から廊下に向かうときには身を屈めていた。われながら賢明なことに、建物の入口のすぐ横にあたる来客用の寝室の窓のカーテンは閉めてあった。インターフォンの横で止まり、ドアのチェーンを見てから、冷たい鋼鉄の引き金に人差し指をかけた。

インターフォンがまた鳴り、受話器を取った。

まず聞こえたのはため息だった。

「トミー?」

その声に思いあたるのにいっときかかった。

女性の声。

記憶にあるのとちがって、アルコールかドラッグで呂律がまわっていなかった。

バーグマンは解錠ボタンを押して、ドアののぞき穴から見張った。

エリザベス・トーステンセンは中にはいると、建物のドアを閉めた。毛皮のコートに埋もれた顔は途方に暮れた表情で、別の時代からやってきて自分の周囲のものが何ひとつ理解できない人間のそれだった。彼女は郵便受けの横で束の間足を止めてから、数段の階段をあがった。

〈プロパティ・サーヴィス〉。彼女はこの建物の鍵を持っているのだろうか？　あるいは彼女の夫が持っているのだろうか？　誰かに鍵を渡したということはないだろうか？

バーグマンは玄関脇のクロゼットのドアを開け、クロゼットの中の床に弾丸《たま》を充塡したピストルを置くと、のぞき穴からまた彼女を観察した。あの表情をどうとらえればいいのか。悲しみなのか、怒りなのか。それともその両方なのか。ドアの錠を開け、チェーンをはずした。

「薬を飲んだの」と彼女はぼそっと言った。戸口の真ん中に立つ彼女は、まるで巨大な毛皮のコートに包まれた雛鳥《ひなどり》だった。黒い髪は雪に濡れ、マスカラが落ちて頰を伝っていた。「まえに医者からもらった薬。わたしに惚れていた医者から」小さく笑ったが、その眼は悲しげなままだった。「アスゲイルが寝たあと、お酒を飲みはじめたら……」

「はいってください」とバーグマンは言った。

エリザベスはコートを脱ごうとし、バーグマンは手を貸した。

「これ以上生きていけない。もう耐えられない。そう思ったら、どうしてなのかわからないけれど……あなたのことが頭に浮かんだの」

彼女は両手を顔にやった。そして、バーグマンのボタンをはずしたシャツの胸元に頭を預けた。

「あなたは以前わたしを助けてくれた」

バーグマンは彼女の体に腕をまわした。

「疲れたわ」

バーグマンはそっと離れようとした。が、彼女はそれを許さなかった。

「ひとりにしないで」

そう言って、泣きだした。しばらくすると、泣き声は笑いに変わった。

「なんでここに来たのかわからない」

おれにはわかる。バーグマンはそう思った。が、何も言わなかった。

「いつでもわたしにやさしくしてちょうだい、トミー」彼女は耳元でそう囁いた。「約束して」

スコイエンブリーネで初めて会ったときから、彼女がナイフを手にキッチンの床に坐っているのを見たあのときから、バーグマンはずっと彼女を求めていた。そんな許されぬ思いがバーグマンの頭に浮かんだ。が、すぐに追いやった。そんなことを考えてはいけない。

「今何時？」と彼女は尋ねた。

「もう四時近い」

「ここで寝てもいい?」

バーグマンは首を横に振った。表情を見るかぎり、ひとりにするわけにはいかない。彼女がまばたきをすると、涙が頰を伝った。

「あの子に会いたい。あの子なしでは生きていけないのよ」

バーグマンは深く息を吸った。愚かなことをしているのは自分でもわかっていた。

「ソファを使ってください」

「あなたも横で寝て」

「おれは――」

エリザベスは手でバーグマンの口をふさいだ。

「死にたくないの」

バーグマンは彼女に腕をまわした。

「あなたは死なない」

建物の入口のドアが閉まる音で眼が覚めた。

エリザベス・トーステンセンはソファの上で、半ばバーグマンに乗っかるような形でぐっすり眠っていた。バーグマンはどちらも服を着ていることを神に感謝した。

何も起きていない。不意に頭痛に襲われながらそう思った。彼女を起こさないようにしてソファから降りると、クロゼットの中の床にまだピストルが置いてあるのを確かめてから、バスルームに向かった。

居間に戻ると、彼女は起きていた。さっきのは、寝ているふりをしていただけなのだろうか？

「毎朝起きて最初に考えるのも、夜寝るまえに最後に考えるのもあの子のこと」

窓の外の街灯のかすかな明かりでは、エリザベスの表情はほとんど見えなかった。

「わたしのこと、それ以外は何も信じないで」

「そうします」

「クリスティアンヌはあなたのことがきっと好きになったでしょうね。あなた、いい人だもの。知ってた？」

バーグマンは眼を閉じた。覚えているかぎり、これまでで一番ありがたい賞賛のことばだ。

立ち上がるエリザベスの体を見つめた。彼女は髪を掻き上げて微笑んだ。その笑みがなぜかバーグマンの心を落ち着かせた。

が、彼女が本棚に近づくなり、バーグマンの落ち着きはいきなり不安に取って代わられた。

「すごくお似合いだったのね」と彼女は唐突に言った。ヘーゲと写っている写真のことを言っているのだろう。おれはなぜあれを置いたままにしているのか。

ああ、確かにお似合いだったのかもしれない。そう思ってから、消えた母の写真のことを思い出した。そのとたんわれに返った。おれはいったい何をしてるんだ?

「もう帰ったほうがいい」

エリザベスはバーグマンとヘーゲの写真を戻し、わざと眉をひそめた。

「そうね」

そう言うと、バーグマンの横をすり抜けるようにしてバスルームにはいっていった。

バーグマンは居間のコーヒーテーブルから自分の携帯電話を取り上げた。スサンヌからメッセージがはいっていた。夜のあいだに届いたようだが、どうして着信音に気づかなかったのか。〝クリスティアンヌはネドル・スコイエン通りのそばのテラス付きアパートメントに向かっていました。詳しいことはまた明日〟。

メッセージをしばらく見つめていると、エリザベスがバスルームから出てきた。

「タクシーを呼んでちょうだい。それぐらいやってくれるでしょ?」

「もちろん」

エリザベスはコートを着て、玄関に立った。バーグマンは火のついた煙草を手に、居間のドア枠に寄りかかった。彼女はマスカラを二、三回塗って、軽く口紅をつけた。まだ六時にもなっていない早朝にわざわざ化粧をすることもないだろうに。

彼女はコートの袖を何度か撫でた。それからバーグマンのまえに進み、その手から煙草を取って二服して返した。

「来て」

そう言って、唇にすばやくキスすると、バーグマンの胸に頭を預けた。寝室の窓の外から車がブレーキをかける音が聞こえた。ディーゼルエンジンの周波数の低い音だ。

「クリスティアンヌはまるで天国からの贈りものだった。あの子はペールエリックを救った。頭がどうかしてるんじゃないかって思うかもしれないけど、わたしはほんとうにそう思ってる。わかってもらえるかしら？」

「ええ」

「人間っていいほうに変わることもできるものなのよ。少なくともペールエリックはそうだった」

おれはこんなところで証人を抱くかわりに、セラピストの長椅子に横になっているべきだ。バーグマンは頭に浮かんだそんな思いを追いやった。

彼女も追いやった。

「あなたをどこかで見たことがあるんです。クリスティアンヌが殺されるより以前に。それがどこだったかわかるまではどうにも気持ちが落ち着かない」

「行かなくちゃ」

「クリスティアンヌが殺されたあと、あなたはどこの病院にはいっていたんです？」

「フレンズビー」

バーグマンは腹に一撃食らったような衝撃を覚えた。母が働いていた病院だ。

「そのまえは？」

「わたしは何度も入院させられた。父が……今は無理だわ、話せない」

何年もまえに、その病院で彼女を見たにちがいない。仕事中の母と一緒にいるのを。

「また会える？　クリスマスのまえに」

「できません。言うまでもないでしょう」

「わたし……」彼女は言いかけた。ふたりは長らく見つめ合った。彼女は今にもまた泣きそうな顔をしていた。が、どうにかして悲しみを押し殺したようだった。

「なんでもない」

彼女はドアを開け、しばらく迷ってからまた閉めた。

何かを打ち明けようとしている。それがここに来た真の目的だろう。バーグマンは終わりかけた煙草を吸いながら、そう思った。エリザベスがまた近づいてきて、彼の腰に腕をまわした。

「お墓まで持っていくつもりだったけれど」

「なんです？」

「彼女は彼を愛していたと思う」

「彼？」

彼女は眼を閉じた。

「クリスティアンヌは彼を……彼は信じられないほど人を操るのがうまいのよ。父親と同じように人を惹きつける力を持っているの。わたしは彼との関係から抜け出せなかった。モッテンは一度つかんだ相手をけっして放さない」

「何が言いたいんです？　彼女はモッテン・ホグダを愛していたんですか？」

エリザベスは首を振った。

「アレックスは彼によく似ている」

バーグマンは一歩さがった。

「何が言いたいんです？」

エリザベスは息を吸い、長く止めてから鼻から吐いた。

「クリスティアンヌは夢中だったと思う。アレクサンデル……アレックスに」

バーグマンはゆっくり首を振った。

「兄さんに？」

「半分だけ血のつながった兄にね」

エリザベスは眼を閉じた。

「ああ、神さま。あの子を、娘を、お赦しください」

バーグマンは何も言わなかった。

「たぶん彼はあの子を利用していたんだと思う」彼女はやっと聞こえるほどの小さな声で言った。

「どういうことです？」

「アレックスのベッドにクリスティアンヌの髪が落ちていたのよ。あなたもあの子の髪を見たでしょ？　まちがえようがないわ」

バーグマンの頭の中でアンデシュ・ラスクの声が聞こえた。

「あの夏、あの子は変わった。ボーイフレンドと別れて、それから――」

〝誰かが彼女に火をつけた〟。

ラスクの声で頭がいっぱいになった。ラスクの厳しいまなざし。あのとき、あの夏のあいだにクリスティアンヌが変わったことを告げると、彼の眼はその厳しさを失い、また虚ろな眼になった。

「アレクサンデルもアンデシュ・ラスクの生徒だったんですか？」

見ると、エリザベスは、クリスティアンヌの死を追体験しているかのような、絶望に満ちた顔になっていた。

「誰にも言わないで、トミー」

「それは約束できません。これが事実なら、すべてがひっくり返る。わかるでしょう？」

彼女は寝室までついてきた。

「答えてください。アレックスもラスクの生徒だったんですか？」

「ええ」

電話が鳴った。タクシーの運転手がメーターがまわっているが、まだ時間がかかるのかと訊いてきた。

「まだモッテン・ホグダと関係があるなら正直に言ってください」

彼女は首を振った。

「誓えますか？」

「誓うわ」

バーグマンは彼女の手を握った。

「電話をちょうだい。約束して」

「おれに何を隠してるんです？」

彼女はまた首を振った。

「あなたは誰かをかばっている」

「誰を？」

「アレクサンデルとクリスティアンヌのことを誰かに話しましたか？」

「誰にも」

「あの土曜日、彼女はほんとうにスコイエンに行きました」

エリザベスは両手で顔を覆った。

「スコイエンに誰が住んでたんです？」

「知らない」彼女はかすかな声で言った。

「モッテン・ホグダですか？　このことは彼には話したんですか？　あるいはペールエリックには？」

「いいえ、話していない」

彼女は膝からくずおれ、両手に顔を埋めた。

「モッテンじゃない。そんなはずないじゃないの」

バーグマンは救急車を呼ぼうかと思った。すべてをあきらめたかのように、彼女から生気が消えていくような気がしたのだ。脇にひざまずき、彼女の手首をつかみ、キッチンナイフの傷痕に触れた。

「アレックスと話さなければなりません。わかるでしょ？　トロムソの病院で働いているんでしたね？」

「ええ」彼女はバーグマンの胸のあたりを見つめて答えた。

「帰ってください。今夜電話します」

「約束する？」

バーグマンはうなずいた。

タクシーがスーパーマーケットの〈ＫＩＷＩ〉の先を曲がるのを見送りながら、バーグマンは今になって自分が大きなミスを犯したことに気づいた。

昨夜、トーテンの捜査官と話をした。その捜査官は、フールバルゲの家で足跡を二組発見していた。住人のものではなかったが、ラスクやイエンスルードゥのものでもなかった。

彼らはリングヴォルから逃走したとき、ランニングシューズを履いていた。

アルネ・フールバルゲはふたりの客を迎え、殺された。

そして、ラスク宛ての手紙を書いたのはまちがいなく女だ。〈クリポス〉の分析結果がどう出ようと、それはまちがいない。

つまり、探すべきはラスクとイエンスルードゥではない。

別の男だ。

それと女だ。

PART FOUR
DECEMBER 2004
第四章　二〇〇四年十二月

49

スサンヌ・ベックはマテアに手を振り、昨夜娘が少ししか寝ていないことを努めて忘れようとした。疲れきったマテアは酔っぱらいのように窓にもたれかかっていた。時刻は七時五分。珍しく保育園に一番乗りだった。園長より一、二分早かったほどだ。

そのあと地下鉄でオスロ中央駅まで行き、しばらくあてもなく歩いた。一九八八年十一月最後の土曜日に、クリスティアンヌもそうしたのだろう。構内は、これから電車に乗る通勤客でごった返していた。スサンヌは人の流れに逆らい、古い東線の駅舎に向かって通路を歩いた。大きなクリスマスツリーが、クリスマス・イヴが近づいていることを思い出させた。マテアとふたりで過ごすのは愉しいだろう。お互いがそばにいるだけで、それで充分ではないか。

クリスティアンヌになった気持ちで、今はショッピングセンターにつくり変えられた東線の駅舎内の店やシャッターのまえを歩いた。彼女が大勢に最後に目撃されたのがここだった。十二月の暗がりの中、広場の真ん中で足を止めた。クリスティアンヌもそうしたにちがいない。前方に見えるカール・ヨハン通りを飾る緑のリースとクリスマスの電飾が、街に明るさをもたらしていた。

クリスティアンヌはどこかで気が変わったのだ。それでこんなふうにこの場所に立ったのだ。ノーストランから電車に乗ったのはチームメートに見られたくなかったからだ。そのときにはまっすぐスコイエンに向かうつもりだった。が、気が変わってオスロ中央駅で途中下車したのだろう。もちろん彼女の目的地はここではなかった。その証拠に東線のホームに戻って、次に出発するスコイエン行きの次の電車に乗っている。

スサンヌはすばやく振り返り、クリスティアンヌがしたであろうことをたどった。シーからの電車が九番ホームにすべり込んできた。スサンヌはさらに自分をクリスティアンヌに重ね合わせた。空いている座席に坐ると、いっとき手が震えた。電車は市の地下を進むトンネルに呑《の》み込まれた。手帳を取り出し、バッグを開けた。バッグの中にはネドル・スコイエン通り一帯のアパートメント・ビルの管理組合一覧が記載されたパンフレットがはいっていた。フラーテンの話を信じることだ——そう思い、しばらく眼を閉じた。

眠ってしまったのだろう、ふと眼を開けると、電車は国立劇場駅に停まったところだった。腕に鳥肌が立った。トンネルを走っていたわずかな時間のあいだ夢を見ていた。マテアが保育園の窓辺に立ち、今朝のように手を振っており、その背後に不吉な影が忍び寄っている。保育園の職員ではない。顔は見えず、ただ黒い人影がマテアの背後に立ち、マテアの肩に手を置いている……

スコイエンで電車を降りると、スサンヌは頭を振った。寝不足と昨夜のロヴィーセンべルグ行きで疲れているだけだ。そう自分に言い聞かせ、駅の階段を降りた。

途中まで降りて立ち止まった。まわりの乗客をやり過ごしてから、ゆっくり振り返った。夢で見た人物が暗い階段で自分の背後に立っているのではないか？

マテアの肩に手を置いていた、顔の見えない人物が。

大きく息を吐いた。

「いない。誰もいない」

階段を最後まで降りて、歩道に佇んだ。あの土曜日の夜、フラーテンがクリスティアンヌを見かけたという高架下を見つめた。恐る恐る近づき、そこに立った。頭上ではほぼ間断なく電車が行き来していた。が、それもほとんど耳にはいらなかった。今、ふたりが眼のまえに立っているような気がした。青い〈ミレー〉のダウンジャケットを着たクリスティアンヌと、若い麻薬中毒者のビョルン＝オーゲ・フラーテンが。

「誰に会いにいこうとしたの、クリスティアンヌ？」スサンヌは声に出して言った。

アマリエンボルグに向かって、フラーテンがふたりで歩いたと言っている道をたどった。クリスティアンヌと並んで歩いているような気分になった。クリスティアンヌの腕に腕をからめ、〝犯人を見つける。絶対に見つけるから〟と言えそうな気さえした。

不意にまたあの感覚が甦った。電車内での夢に出てきた顔の見えない人物。スサンヌは歩調をゆるめ、最後に立ち止まった。

連れていくならわたしにして。マテアを殺さないで。

50

フレデリク・ロイターはわざとらしく時計を見た。それから、バーグマンに人差し指を突きつけた。「きみのレディはきみが管理しているはずだが」

バーグマンは肩をすくめた。朝の八時すぎ。スサンヌの姿はどこにもなかった。電話をかけてみたが、留守番電話につながっただけだった。

「どこにいるのかわかりません。彼女なしで始めましょう」

バーグマンが見やると、向かいに坐るスヴァイン・フィンネランが妙な表情を浮かべていた。〝きみのレディ〟ということばを聞いたとたんに顔色が変わったのだ。

なるほど、おれが彼女のボスだから嫉妬しているのか。勝手に妬いててくれ。それとも、彼女が別の男と寝ているんじゃないかと心配なのか？

「まあいい」まるでバーグマンの心を読んだかのようにフィンネランは言って、背すじを伸ばした。「五人で始めよう。きみのレディにはあとで内容を伝えておいてくれ、バーグマン。彼女が仕事をする気になったときのために」

ハルゲール・ソルヴォーグがバーグマンの視線をとらえ、口元にかすかな笑みを浮かべた。古女房のかわりにスサンヌ・ベックが裸で自分の横に寝ているところでも想像しているのだろう。

〈クリポス〉の心理学者のルーネ・フラータンガーは、昨日バーグマンの郵便受けにはいっていた手紙を凝視していた。〝地獄が口を〟と繰り返し黙読しているようだった。

「昨夜、スサンヌからテキスト・メッセージが送られてきました」とバーグマンは言った。

「クリスティアンヌがスコイエンに行ったのはまちがいないということです」そこでバーグマンは首を振った。彼女がビョルン＝オーゲ・フラーテンなどと話しさえしなければ。フラーテンはただ金が欲しかっただけだ。もしかしたら、彼女は自腹を切っていくらか渡したのかもしれない。

「昨夜？」とフィンネランが表情を暗くして言った。

バーグマンは黙ってうなずいた。

「よし、始めよう」とロイターが言った。彼には一時間後に本部長とのミーティングがひかえていた。次の本部長の椅子を狙っているロイターとしてはとてもおろそかにはできないミーティングだ。

「では」とフィンネランが言った。「コート・アーデレシュ通りの防犯カメラの鮮明な映像が手にはいった」

そう言って、ロイターのまえのテーブルに置かれていたフォルダーを手に取り、写真のコピーを三部取り出してテーブルに広げた。バーグマンは椅子から立って見た。数秒かかったが、つい最近会ったばかりの男の顔と写真の顔が結びついた。しかし、だからといって、リトアニア人少女が殺された夜、彼が〈ポルテ・デ・センシス〉にいたということにはならない。それとも、おれはそう思い込もうとしているだけなのか？　考える時間が欲しかった。ここでは黙っておくことにした。

「それから」フィンネランはそれだけ言うと、もったいをつけて間を置いた。「アンデシュ・ラスクとオイステイン・イエンスルードゥは昨夜、オップサルのYXのガソリンスタンドに寄り、ラスクのレディのクレジットカードでガソリンを入れた」〝レディ〟のところでまたしてもバーグマンを見た。

一発殴ってやろうか？　バーグマンは悪意に満ちた笑みを返しながら思った。

「この情報は公開しない。だから他言無用だ」

「ガソリンスタンドの店員にも口止めしたらどうです？」とソルヴォーグが言った。いかにも気の利いたことを言ったと言わんばかりの得意顔で。

「そこのところは神のご意思に任せるしかない」とロイターは言った。「スタンドは無人なんだよ。わかったのはクレジットカードのおかげだ」

「馬鹿どもが」と思わず口を突いて出たものの、それはラスクとイエンスルードゥのことなのか、ロイターとソルヴォーグのことなのか、バーグマンには自分でもわからなかった。

「まだ始まりにすぎない」とフィンネランが言った。「われわれが居場所を把握していることを彼らに知られないことが肝心だ」

　彼は新たに車のナンバープレートがはっきり写っている写真を数枚出した。彼らが乗っている車が判明したのだから、ふたりの身柄捕獲はもう時間の問題だろう。写真の一枚には、給油中のイエンスルードゥが写っていた。ラスクはカメラから顔をそむけていた。煙草を吸っているようだった。彼にもう少し賢さがあれば、車から降りなかっただろう。それでもカードが追跡されることはわかっていたはずだ。リングヴォルの看護師から現金を渡されていたかもしれないが、現金の場合、レジで払わなければならなくなる。ラスクはおそらくもう勝ち目はないと悟ったのだろう。

　今、おまえと話せたらいいのに。バーグマンは写真の中のラスクを見ながらそう思った。ヨン＝オラヴ・ファーバルグが言っていたイングヴァルという男。そいつはほんとうに実在するのだろうか？　ラスクはそいつに会いにいこうとしているのか？　それとも会う相手はアレクサンデル・トーステンセンか？　ラスクはトロムソに向かっているのか？　乱暴な考えだが、絶対にありえないというわけでもない。ラスクは、クリスティアンヌが愛してはいけない相手――兄のアレクサンデル――を愛していたことを知っていた。

「そのまま泳がせてください」とバーグマンは言った。

　フィンネランが眼鏡をはずして言った。

「今のは私の聞きちがいか？」

「ラスクとイエンスルードゥには、このまましばらく車を走らせておいてください。追跡はしても逮捕はしない。いいですか？」

フィンネランは首を振った。

「私が決められることではないが、今年聞いた中でもっとも馬鹿げた話だ」

「やつらは北に向かっています。明確な目的地がなければそんなことをするはずがない。誰かが外からラスクに手紙を送っていました」バーグマンは、リングヴォルのラスクの部屋で見つけた手紙のコピーを高く掲げた。「その相手に会いにいこうとしているんじゃないでしょうか」それ以外のことは言わずにおいた。この道化たちに捜査を台無しにされたくない。

フィンネランは首を振った。

「〈クリポス〉を説得しなければならない。ラスクとイエンスルードゥは〈クリポス〉の担当だ」

〈クリポス〉の心理学者フラータンガーは、大あくびをしながら、聞いたことがないほどつまらないやりとりだとでも言わんばかりに言った。「はっきり言って、ラスクはただ逃げることしか考えていないと思います。問題は行くところがないことです。そこで気になるのが、トミー、あなたが受け取ったという手紙だ。受け取ったのは昨日なんじゃないんですか？」

バーグマンはうなずいた。現物は指紋や筆跡鑑定のために〈クリポス〉に送ってあり、今持っているのはコピーだった。

「ラスク宛ての手紙は女が書いたもので、あなた宛てのものは男が書いたと思うんですね？」フラータンガーはまっすぐバーグマンを見て言った。バーグマンがヴィゴ・オスヴォルのセラピーを受けていること、そしてそれをここ二回さぼっていることを知っているのだろう。さぼっているのがロイターにばれたら——とバーグマンは思った——おれのキャリアはそれで終わる。

いや、そんなことはどうでもいい。

「ああ。そう思います」

フラータンガーは二通の手紙を並べて置いた。

バーグマンは言った。「少なくとも別々の人間が書いている」

「どうしてそうと言いきれるんです？」フラータンガーはおおいかぶさるようにして手紙を見ながら言った。「文章は同じ人間が書いたように見えます」

「最初の手紙の筆跡を見てください。それには〝メドゥーサ〟とある。メドゥーサは女です」

フラータンガーはうなずいた。

「確かに」

「なんの話をしてるんだ？」とフィンネランがいきなり椅子から立ち上がって言った。そして、テーブルをまわってバーグマンのうしろに立った。

「二通の手紙はひとつの心を持ったふたりの人間が書いたものかもしれません」とバーグマンは片手を上げて言った。

「どういうことだ？　ひとつの心を持つふたりの人間？」

フラータンガーが顎を撫でながら言った。

「あるいは、ふたつの心を持つひとりの人間か……」

「しかし、そんなことが……」とフィンネランはバーグマンの背後から言い、そのあとまたテーブルをまわって、今度はフラータンガーに近づいた。

フラータンガーは言った。「文の調子はよく似ていますが、筆跡は明らかにちがっています。それでも、われわれが探すべきはふたりではなく、ひとりの人間だと私は思います」

「それでも、おれたちが探してるのはふたりの人間だと思うのか、トミー？」フィンネランは自分の席に戻った。バーグマンはその細い顔と血管の浮いた手をしばらく見つめてから言った。

「ラスク宛てに書いたのは女、おれ宛てに書いたのは男にちがいありません」別の人間が自分のかわりにしゃべっているみたいだった。おれ宛て。そう、あれはおれ宛てだった。

「おまえ宛てに書いた人物はおまえのことを知っている。それは確かだ」

「あるいは、知っているると思い込んでいるのかもしれません」とフラータンガーが言った。

「なぜそこまで自信を持って女だと言えるんだ、トミー？」とロイターが言った。その声は低くかすれていた。しばらく手紙の上に指を置いていたが、やがて離してテーブルを叩《たた》いた。

「女の筆跡に見えませんか？」

「たぶん――」とフラータンガーがかわりに答えた。「いずれはっきりするだろうが」

「フログネル通りの娼婦ですが」とバーグマンは言った。「なぜ彼女は〝マリア〟なんて言ったのか。そのことからも女がからんでいるにちがいありません」

「まあ、それは言えそうだな。ソルヴォーグ」とフィンネランはソルヴォーグを振り返って言った。「おまえのほうはどうだ？　進展はあったか？　手がかりは？」

ソルヴォーグは一呼吸してから首を横に振った。

「そうか」

しばらく沈黙が続いたのち、フラータンガーが口を開いた。

「私は捜すべきはひとりの人間だと確信しています。アルネ・フールバルゲは昔の患者を捜してたんじゃないでしょうか」

「なぜわかる？」

「ただそう思うというだけです。彼は、ブルムンダールに行ったと言っていました。リングヴォルの古いファイルがそこにあるからです」

「自分を女だと思っている男という可能性は？」とバーグマンは言った。

「自分を女だと思っている男？」とロイターが首を振りながら言い、呆れたようにバーグマンを見た。

バーグマンは黙ったままコーヒーカップを慎重に置くと、コート・アーデレシュ通りの防犯カメラの写真を手に取った。ここに写る人物については疑問の余地がない。

「自分を女だと思っている男？」

「昼は男、夜は女になる。あなたの言いたいことはわかりますよ」とフラータンガーが言った。

「たとえばこの男は？」バーグマンは写真を高く掲げた。もう明かしてもいいだろう。「これはモッテン・ホグダ。かつてエリザベス・トーステンセンと男女の関係にあった男です。その関係は今も続いてるようです」

残りの部分——彼がアレクサンデル・トーステンセンの父親であること、クリスティアンヌは異父兄となるアレクサンデルを愛していたと思われること——は言わずにおいた。

「モッテン・ホグダ」とロイターはおうむ返しに言った。「モッテン・ホグダ？」

これはついては——とバーグマンは思った——ホグダ本人に供述してもらわなければならない。

「信じられん」とフィンネランが言った。「ほんとうにこれはホグダなのか？」写真を手に取り、顔のまえにやった。

「まだ事情聴取のための呼び出しはしません。でも、事前に知らせたりしないように願います」

「呼び出す？」とフィンネランは咎《とが》めるように訊き返した。

「彼はただひとりの容疑者です。ここ何日もわれわれが捜していた容疑者です。警察はそんな男も尋問できないんですか？」

バーグマンはそう言って立ち上がった。こんなことをしている時間はない。明るいうちにトロムソに行かなければ。予告なしにアレクセンデル・トーステンセンに会いにいくのだ。

「ホグダは一九七〇年代、ヴァッセル島に別荘を持っていました。ひとり目の少女がどこで殺されたか、覚えてますよね？」

「トンスベルグだ」とフラータンガーが答えた。「ホグダがリングヴォルにいたことがあるか調べてみるよ」

「慎重に頼む」とロイターが言った。「ホグダの弁護士にうるさく言われたくないからな。そこに別荘を持っているからといって、彼がノルウェー一の狂人だということにはならない。いいな？」

「ええ。これで話は終わりですか？」とバーグマンは言った。

ロイターが口を開けかけた。が、結局のところ、何も言わなかった。

バーグマンは誰からの返事も待たず、部屋を出た。

自分のオフィスまで急いで戻ると、パソコンを開いてブラウザの検索窓に〝モッテン・ホグダ〟と入力した。どうやらホグダは表に出るのが好きではないようだが、それでも印刷に耐えられそうな画像がいくつか見つかった。

コピー室に向かう途中、受付のリンダに正午頃のトロムソ行きの便を予約するよう頼んだ。

オフィスに戻ると、ハルゲール・ソルヴォーグがバーグマンの椅子に坐っていた。

バーグマンはホグダの写真を机に置いて、ダウンジャケットを着た。ソルヴォーグには、行き先も写真を持っていく理由も話すつもりはなかった。ホグダが今国外にいるようなら、事情聴取のための出頭要請を受けるなり、カンボジア行きの飛行機に飛び乗ってしまう、などという最悪の結果だけは招きたくなかった。

ソルヴォーグは何も言わずに窓の外を眺めていた。

「景色を愉しんでいるのか？　おれは時間がないんだ。要点を言ってくれ」

「昨夜、ローレンツェンの子供のひとりと連絡がついた。〝マリア〟のことが頭から離れなくてな」

「マリア？」

「エードレ・マリア。あの娼婦が病院で言ったことばだ」

バーグマンはホグダの写真を封筒に入れた。

「行かなきゃならないんだ、ハルゲール」

「誰もおれを信じない」

バーグマンは部屋を出かけたところで足を止めた。

「どういう意味だ？」

「マリアだよ、トミー。病院で彼女がそう言ったのは偶然の一致なんかじゃない。たぶん誰かが彼女に電話をかけて、会う約束をしたんだ。エードレ・マリアと名乗る誰かが。だけど、彼女の電話が見つからない」

あのときの光景が頭をよぎった。彼女が急に起き上がって叫んだことばはバーグマンももちろん覚えていた。そのことばに自分がひどくうろたえたことも。

「もしかしたらただの偶然かもしれないけど」とソルヴォーグは言った。

「ああ」

「ノルドレイサ」

一瞬、ソルヴォーグのことばが理解できなかった。

が、そのあと世界がひっくり返った。足が沼地に沈み込み、頭を万力で締められているような気がした。

「今、なんて言った？」そう訊き返したバーグマンの声は小さすぎ、ソルヴォーグの耳には届かなかった。

「おれの上司だったロレンツは、以前ノルドレイサの保安官代理だった。あの少女、エードレ・マリアはそこで殺されたんだ。息子に確認した。おれはロレンツから聞いたのは覚えているが、場所は覚えていなかった。犯人は見つからなかった」

「ノルドレイサ？」

バーグマンはドア枠に寄りかからずには立っていられなかった。

郵便受けにはいっていた手紙のコピーを開いた。〝私を覚えているか？〟

母がどこの出身か知らない。バーグマンはそう自分に言い聞かせてきた。が、ほんとうは知りたくなかっただけだ。理由はわからないが、母のことは何ひとつ知りたくなかったのだ。

母はノルドレイサの出身だった。

そして、モッテン・ホグダはその隣りの市の出身だ。

51

ミトンをはめていても、あかぎれのできた指は暖まらなかった。スサンヌはこんなことをしている自分を呪った。スサンヌが立っているのは、ネドル・スコイエン通り近くのアパートメント・ビル群の四棟目のテラス付きアパートメントのまえだった。太陽はすでにのぼっており、スサンヌはまぶしさを感じながら、ネームプレートのついた呼び鈴に近づいた。手帳にはすでに十ページ分、名前と住所が書き連ねてあったが、すべてが無駄に思えた。

クリスティアンヌがここに来たときから十六年が経っている。彼女が探していた相手はもう住んでいないかもしれない。ここのアパートメントの所有者全員を調べても、所有者から借りて住んでいる人もおり、所有者の登録台帳の名前と住所はすべてが一致するわけではなかった。むしろ、一致することのほうが少なかった。

ネームプレートの名前を全部、手帳の新しいページにすばやく書き写した。これで書きとめた名前は百十人。新しい手帳が要りそうだ。

もうやめよう。マテアに何かあったのではないかという不安が時間とともに強まっていた。

携帯電話を取り出し、パニックで気を失いそうになりながら、立て続けに二度、まちがった暗証番号を入力してしまった。やっと正しい番号を思い出して入力して、電話がネットワークを探すあいだ、眼を閉じて待った。保育園から何度も電話がはいっているにちがいないと確信していた。

しかし、そんなことはなかった。バーグマンから四回。それですべてだった。電源を切っていたのは、バーグマンと話すのを避けたかったからだ。話せば、今していることをやめろと言われるに決まっていた。実際、そう言われてもしかたがないことを彼女はしていた。

見つめていると突然電話が鳴りだし、スサンヌは飛び上がった。ディスプレーに〝トミー・バーグマンの携帯〟と表示された。

入口のドアが音をたてて開いた。老人が疑わしげに彼女のほうを見た。あっちにも敵、こっちにも敵。男にはつくづくうんざりする。若いのも年取ったのもみんな同じだ。

「なんの用かね?」老人はカーディガンの一番上のボタンをかけながら言った。「ずっとあんたを見てたんだよ、お嬢さん」

お嬢さんとは。光栄なかぎり。

「国民登録局の者です」できるだけ愛想よく言った。電話の音がやみ、そのあとすぐにテキストメッセージが届いた。通知音を聞くだけでバーグマンだとわかった。彼が怒っていることも。

「国民登録局だと？　ばかばかしい」

どうやら、真面目なパトロール警官の役を演じなければならないようだ。スサンヌはジャケットのまえを開け、首から掛けている警察の身分証を見せた。

「よろしければ、穏便にことを進めたいんですが」

「妙なことをするんだね」と老人は不機嫌そうに言った。「訊かせてもらいたい。身分を偽るとはそれはいったいどういう仕事——」

「いいえ。すみませんが、何もお答えできません。では、失礼します」

老人の表情が一変し、急にスサンヌを恐れ、媚びるような顔つきになったかと思うと、そのあとドアを閉め、スサンヌの視界から消えた。もしほんとうの目的を話したら、彼は笑っただろうか。今になってクリスティアンヌ・トーステンセンを捜すなんて。彼女がこの五棟のテラス付きアパートメントのどれかに向かった日から十六年も経っているというのに。それも死にかけの麻薬中毒者がそう言っているのにすぎないのに。誰が考えてもまともではない。

また電話が鳴った。バーグマンだ。応じるしかなかった。

「どこにいるんだ？」彼は尋ねたが、その声は思っていたほど怒ってはいなかった。

「手がかりを追っています」

「言ってくれたらよかったのに。話がある」彼は少しことばを切った。「おれは今日はトロムソに行かなきゃならない。きみには公立図書館に行ってほしい。北部の新聞――〈ノーリス〉だったかな――から、ノルドレイサでエードレ・マリアという少女が殺された事件の記事を探してくれ。一九六〇年代初頭の事件だ。大至急で」

「エードレ・マリア？」

スサンヌは気づくとぐるぐると円を描くように歩いていた。

マリア。リトアニア人の少女が病院で叫んだ名前だ。それにエードレ。ソルヴォーグが言っていた名前ではなかったか？

クリスティアンヌがこのアパートメントハウスに来てから十六年が経つ今、スサンヌの手帳には百を超える名前が並んでいる。それに加えてノーライサのエードレ・マリア？スサンヌは首を振った。その場に坐り込んで泣きたかった。これで答にたどりつける？

「わかりました」それでも従順な声音で応じた。

「大事なことかもしれないんだ。わかるか？　今こそきみが必要なんだ、スサンヌ。それよりきみは何をしようとしてるんだ？」

スサンヌは少し間を置いてから答えた。

「夜中にロヴィーセンベルグに行ってきました。ビョルン＝オーゲ・フラーテンに会いに。彼はもう死にかけてるんですが、十六年まえ、スコイエンでクリスティアンヌに会い、彼女が向かった先も見届けていました。わたしは彼を信じます」

バーグマンが電話の向こうで深く息を吸う音がした。

「わかった」と彼はあっさり言った。「わかったよ。それでも公立図書館には行ってほしい。ほかのことは電話ですませればいい」

スサンヌは呼び鈴の横のコンクリートの壁にもたれた。トロムソに向かっているなら、自分で〈ノーリス〉社に寄って過去の記事を調べてくれればいいのに。が、もちろんそんなことは言えない。

名前がぎっしり並ぶ手帳を見下ろした。干し草の山から針を見つけるより大変だ。十六年が経っている。望みは薄い。

52

駐車スペースは思ったより簡単に見つかった。そもそも延々とあたりを走りまわって探す余裕はバーグマンにはなかった。ＢＭＷとメルセデスベンツのあいだに古いエスコートを押し込みながら、安月給の警察官でよかったと自分に言い聞かせた。

自己欺瞞《ぎまん》というのは案外よくできた生き残り戦略だ。バーグマンはそう思い、一瞬笑みを浮かべたが、すぐにまた憂鬱に襲われた。

エードレ・マリア。ノルドレイサ。震えが走った。母は自分のことについて何を話してくれた？　思い出そうとしても、実のところ、母が珍しく自分のことを話してもバーグマンのほうがほとんど注意を払っていなかった。覚えているのは、昔のことを話すときの母には静かな怒りがはっきりと感じ取れたことだけだ。自らを彼の母と呼んだ小柄な女性は死ぬべきだった。バーグマン自身が母を殺すべきだった。自分が狂っていると思ったときのことを覚えている。父もこうだったにちがいない。だから母は南に逃げてきたのだ。精神科医のオスヴォルが言おうとしていたのはまさにこのことなのだ。おれが殴っていたのはヘーゲではなく母だった。これを認めるのはひどく気が滅入ることだが、ヘーゲのすることなすことが母を思い出させただけのことで、ヘーゲ自身には関係がなかったのだ。逆説的な思いながら、バーグマンとしては彼女が自分から逃げてくれたことにどこかで安堵していた。

オスヴォル。明日、また彼のところに行く時間をつくろう。今のままではいつ馘《くび》になってもおかしくない。それに話す相手が欲しかった。スサンヌはおれが頼んだことをちゃんとやってくれているだろうか？　ビョルン＝オーゲ・フラーテンの話を信じているなどと言われても彼女を叱責しなかったのは、むしろおれの頭がどんどんいかれている証しか。

リトアニア人の少女が襲われた建物の入口に向かった。近くの部屋に住む若い夫婦は、話してくれた以上のことを知っているにちがいない。少なくとも妻、テレーセ・シヴァートセンのほうはまちがいない。六ヵ月の赤ん坊と一緒に自宅にいたのだから。運がよければ、ベビーカーを押して女友達とフログネル公園に散歩に出かけるか、この界隈に数多くあるコーヒーショップのどれかに出かけるまえに捕まえられるかもしれない。彼女は何か隠している。それを突き止めるには今のように相手がバーグマンの来訪を予期していないタイミングがベストだ。

インターフォンを鳴らした。

「はい？」雑音交じりに女性の声が聞こえた。

「トミー・バーグマンです。警察です」

テレーセはすぐには答えなかった。

「今は困ります」

「だったら、今日じゅうに署まで足を運んでいただくようお願いしなきゃなりません」

彼女はあきらめたようなため息をついた。

バーグマンは腕時計を見た。ここで手間取ると、飛行機に間に合わなくなる。

「それならどうぞ」

バーグマンは入口のドアを押して開けた。殺人者がしたように。

犯人はあんたなのか？　ポケットからモッテン・ホグダの防犯カメラの画像を取り出し、本人に尋ねた。

四階に着くと、テレーセは赤ん坊を抱いて待っていた。化粧をしていないと別人のようだった。

「ほんの二、三お訊きしたいだけです」

彼女の顔は真剣で、赤ん坊の眼はまんまるだった。赤ん坊は微笑んだと思ったら泣きはじめた。

それも無理はない。バーグマンは玄関の鏡に映る自分を見ながらそう思った。

彼女が居間に置かれていたベビージムの下に降ろすと、赤ん坊は泣きやんだ。窓から射す光が白い部屋をさらに白く見せていた。

「何かお飲みになりますか？」と彼女はバーグマンの視線を避けて言った。

バーグマンは首を振った。

「ご主人は仕事ですか？」

テレーセはうなずき、つけ爪で腕を掻いた。バーグマンは解像度を上げたモッテン・ホグダの写真を出した。さらにインターネットで見つけた画像を印刷したものも取り出した。

「この男を見たことがありますか？　この建物の入口で」

テレーセ・シヴァートセンは、ブロンドの髪を耳にかけて写真を長いこと見つめた。長すぎるぐらいに。それから眼を閉じ、少しあとずさりした。

「見たんですね？」

「ええ」

「あの少女が襲われた夜？」

彼女は首を振った。

「何度か来ています。ドアののぞき穴から見ました。入口のロビーで会ったこともあります。わたしのこと、彼女の仲間だと思っているみたいな、変な眼で見ていました。そう、お金で買えるとでも思ってるみたいな眼で」

「でも、あの夜はのぞき穴から見ていないんですね？」

「ええ」

「それは確かですね？」

「寝ていました。だから誰も見ていません」

「ご主人はどうでしょう?」

「彼は何があっても起きません。少なくとも、あの子が泣いても起きません」床の上でなにやらひとりつぶやいている赤ん坊のほうを指差して言った。赤ん坊は、ベビージムにぶら下がっているおもちゃに手を伸ばしていた。

「この男が誰だか知っていますか? ほかのところで見たことは?」

彼女は首を振った。

バーグマンには時間がなかった。

「明日、署まで来てもらえませんでしょうか? 九時はどうです? お子さん連れでかまいません。書類に署名してほしいんです」

テレーセは虚ろな眼でバーグマンを見た。何か隠している。バーグマンはそう直感した。

「ご主人から黙っているように言われているんですね?」彼女はバーグマンのそのことばにはっとしたように表情を変え、背すじを伸ばした。

「いいえ、どうしてそんなことを言うんです?」

「何もかも話してもらうことがとても重要なことだからです。それから、警察で写真も見ていただきます」少女を見つけて通報してきたのはポン引きかもしれない。運がよければ〈クリポス〉に顔写真の画像データがあるかもしれない。

車に向かいながら、ロイターに電話をかけた。外は寒く、歩道に残った雪は踏むと音をたてた。それが子供の頃のことを、母のことを思い出させた。

ロイターに状況を説明した。ロイターは黙って聞いていた。

「ホグダに監視をつけてください。いいですね？　まだ本人には知られたくない。知られたらすべて台無しです。国外に出さないようにしてください」

「彼女が入口で彼を見たというのは確かなのか？」

「ええ」

「それに意味があるとはかぎらない」

「ええ、そうです。それでも、ホグダには何かある。何かをおれに隠しています」もちろん、ロイターはアレクサンデル・トーステンセンがホグダの息子だと知らない。ホグダがノルドレイイサの隣りの市の出身だということも。ホグダはそこで母と知り合ったのだろうか？　おれの父親でもあるのだろうか？

そこまで考え、バーグマンは吐き気を覚えた。

「〝私はすでに見たのだから。地獄が口を開けているのを〟」ロイターが唐突に言った。「妙な語順を選んだもんだな、おまえに手紙を書いた狂人は」

手紙の話はしたくなかった。誰かにゆっくりと針金で首を締められるような気分になる。

あの手紙を書いたのはおれよりおれのことをよく知っている誰かだ。少女たちの命を奪った犯人か、少なくともその犯人を知っている誰かだ。

「ええ、妙です。〝私はすでに地獄が口を開いているのを見たのだから〟のほうが自然だ。フラータンガーはなんと言っていますか？」

「彼も同じ意見だ。わざとだろうと言っている。おれはなんとも言えないが。女房に話してみるよ。彼女はおれと仕事を替わるべきだ。読むのと考えるのが大好きでね」

「フラータンガーが言っていたことはどう思います？　ひとつの心を持つふたりの人間。あるいはその逆か」

「自分を女だと思っている男。昼は男で夜は女になるってやつか？」

「ええ」

「とにもかくにもそのおかしなやつを見つけるのが先決だ。見つけさえすれば、そいつの頭の中にふたりいようと三人いようと、そいつが夜な夜なスカートを穿いて歩きまわろうと、どうでもいい」

「ホグダを見つけてください。それで解決すると思います」

「そう言えば、〈クリポス〉はトロンヘイムに着くまえにラスクたちを捕まえようとしている。特殊部隊をトロンヘイムに送ったそうだ」

バーグマンは答えなかった。彼らはまちがいを犯している。いや、そうでもないのかもしれない。もう何がなんだかわからない。ひょっとしてラスクはアレクサンデル・トーステンセンに会いにいこうとしている？　それはありうることか？　いや、なさそうに思える。少なくとも今は。

念のため、ガルデモーエン空港から番号非通知でトロムソの大学病院に電話をかけてみた。

「アレクサンデル・トーステンセンですか？　勤務中です。少々お待ちください、おつなぎできるか調べてみます」

バーグマンは待ちきれずに電話を切ると、ビールの追加を注文した。これまで何度こうしてここに坐ったことだろう。

離陸まえに眠りに落ち、エリザベス・トーステンセンに抱かれている夢を見た。事件は解決し、彼女とバーグマンは一緒に暮らしていた。

彼女がバーグマンの家の廊下に坐り込み、手首にナイフをあてて言った。

全部あなたのせい。あなたのせいよ、トミー。

53

公立図書館はスサンヌに古い難民収容所を思わせた。難民収容所のことをよく知っているわけではないが。マナーモードにはしてあるが、電源は切っていないことをもう一度確かめた。

司書のひとりに探すのを手伝ってもらった。一九六〇年代初頭の〈ノーリス〉紙？　何か見つかるといいのだけれど。そう思いながら、スサンヌはできるだけさりげなく笑みを向けた。いかにも疲れた笑みしか返ってこなかった。

一時間もすればマイクロフィルムに眼を通すのにくたびれ、あきらめたくなってきた。もう正午だった。国民登録台帳で、干し草の中の針を探しているはずだったのに。

すばやく作業を進めた。一面とその先の数面だけを見ていった。殺人事件の記事を掲載するならそのあたりだろう。一九六一年のクリスマスセールや洗濯機や酒の広告をのんびり眺めている暇はなかった。

一時になり、朝から何も食べていないことに気づいた。

一九六二年の十月まで来て、もうたくさんだと思った。

閲覧室を出て、ドラメン通りをはさんでヒードロ公園のブナの木が見えるソファに坐った。携帯電話でトルヴァールの番号にかけた。

「どうかした？」と彼は訊いてきた。彼の恋愛対象がちがっていたらよかったのに。改めてそう思った。わたしみたいな人間を好きになれる人だったらよかったのに。

「今夜忙しい？　子守りが必要になっちゃって」

「へえ。デート？」

「国民登録台帳で百十人の名前を調べるの」

トルヴァールはしばらく何も言わなかった。

「来客中なんだ。あとで電話する」声に失望が交じるのを隠しきれず、彼はそう言った。

数分後、テキストメッセージが来た。〝マテアのことは心配要らない。だけど、きみはきみの人生――ニコライ以降の人生――を愉しむって約束しなかったっけ？〟

愉しむわ。だけど、それよりさきに女の子たちを殺した狂人を見つけさせて。

壁の時計を見てから、マイクロフィルムの読み取り機のまえに戻った。今頃トロムソを歩きまわっている男に命じられた意味のない仕事。

一九六二年十月二日の新聞を開いた。

紙面の右側に書かれた見出しを見て総毛立った。

〝ノルドレイサで十六歳の少女殺される〟。

どこかの建物のモノクロの写真。

記事はこう始まっていた。

〝昨日の朝、十六歳のエードレ・マリア・レイエセンがストールスレットで殺されているのが見つかった。今のところ手がかりは見つかっていない。殺害の状況もわかっていないが、当紙が得た情報によると、遺体は激しく損傷している模様〟

54

十二月半ばのトロムソほど美しい光を放つ場所もない。世界的にも珍しいだろう。暗い季節のさなかなのに、あたりは青と白とピンクに染められているかのようだ。北極圏の魅惑的な風景を見て、バーグマンにはひとつわかったことがあった。自分は南よりこっちにいるほうが心が休まる。大学病院のまえでバスを降りなければならないのが惜しかった。

受付エリアにはクリスマスツリーが置かれていた。オスロの警察署にあるようなプラスティックの偽物ではなく、立派なトウヒの木で、そのにおいとつやは風景そのものと同じく、本物だけが持つ力強さに満ちていた。バーグマンは受付カウンターで名乗り、真夜中まで待ってでも、アレクサンデル・トーステンセンと話がしたいと伝えた。

犯人がアレックスのはずはない。そう自分に言い聞かせた。クリスティアンヌが消えたとき、彼は十八歳だった。しかし、今は外科医だ。その事実は無視できない。

受付の女性は、バーグマンの妙な要望を気にとめた様子もなく、トーステンセンは多忙だが、連絡を取ってみると言い、待合室を教えてくれた。バーグマンはもう一度、何時までも待つと言った。女性は眉を少しもたげただけで何も言わなかった。

〈ノーリス〉紙に眼を通しはじめて少し経ったところで、背後から咳払いが聞こえた。バーグマンは振り返り、はっとした。

少し女性っぽいその顔はまちがいなかった。エリザベス・トーステンセンにそっくりだった。幼い頃は女の子でも通っただろう。バーグマンはなるほどと思った。彼は兄妹とはいえ、クリスティアンヌと半分しか血がつながっておらず、ティーンエイジャーの女の子がいかにも夢中になりそうな容貌の持ち主だ。エリザベス・トーステンセンはどうしてこの事実に触れなかったのだろう？

「アレクサンデル・トーステンセンです」そう言って、彼は手を差し出した。爪もよく手入れされた大きな手で、指には太い結婚指輪をはめていた。顔に皺はなくとも、白衣が彼に威厳を与えていた。エリザベス・トーステンセンのこの完璧な息子と並ぶと、バーグマンはまるで自分がくたびれたアルコール依存症者のようにしか感じられなかった。

「ここの警察の人じゃありませんね」とアレクサンデルはバーグマンから視線をそらして言った。

「実は——」

「クリスティアンヌのことですね」とアレクサンデルは先まわりし、落ち着いた声で言った。エリザベス・トーステンセンとあまりによく似ている彼を見て、バーグマンは一瞬下腹部に彼女への欲望を覚えた。完全に泥沼に陥っている。オスロに戻ったらすぐにヴィゴ・オスヴォルのカウンセリングを受けなくては。

アレクサンデルの顔にモッテン・ホグダとの類似点を探したが、ひとつも見つからなかった。

「訊きたいことはひとつだけです」

「電話では訊けないことなんですね」

「相手の顔を見て話すのが好きなんでね。それに、少し新鮮な空気を吸うのもいいものだ」

アレクサンデルの白衣のポケットでポケットベルが鳴った。彼はため息をつくと、足早にカウンターの電話に向かった。

「待っていてください」電話のあとはそう言って、廊下を走っていった。バーグマンは両開きのドアの中に消えるまで彼を眼で追った。

カフェテリアの椅子に坐り、手あたり次第に新聞を読み、戸外で五、六本煙草を吸った。ようやく、受付の女性がメッセージを伝えにカフェテリアにはいってきた。

「お電話です」

「人体標本室に来てください」アレクサンデルは、バーグマンが電話に出るとそう言って、行き方を教えようとした。

「自分で探します」

バーグマンは標本室に向かう階段を見つけると、踊り場で立ち止まり、窓の外を見た。今にも日が暮れようとしていた。さざめきを背後に聞きながら見るスキーのスラローム用の斜面は、夕暮れの光の中、巨大化したツチボタルのようだった。

「一緒に来てください」

振り向いて見上げると、階段の上にアレクサンデルが立っていた。この二、三時間で急に歳を取ったような顔をしていた。

ふたりは黙ったまま〝人体標本〟と書かれたドアに向かった。アレクサンデルは、反対側から歩いてきた学生らしいふたりの若い女性に二言三言、ことばをかけた。ふたりはバーグマンにちらりと眼をやると、階段を降りていった。下から小さな笑い声が聞こえてきた。男には一生理解できない若い女同士の笑いだ。

広い部屋の入口でバーグマンは足を止めた。アレクサンデルはそのままはいっていった。ホルマリン漬けになった体のさまざまな部分がはいったガラスの展示ケースが二十も三十も並んでいるその光景も、彼にとってはどうということもないのだろう。

最初にバーグマンの眼にはいったのは、ホルマリンに浮かんでいる胎児だった。親指をくわえ、首を曲げている。続いて、切断された腕、その隣には胴部。室内に数歩足を踏み入れて、腕の見事な切り口を見つめた。それから首元に視線を移した。頭部は見あたらなかった。バーグマンはフログネル通りの少女のことを、そしてクリスティアンヌのことを思った。

これが人間なのだ。胴体が置かれた陳列ケースの裏に立ち、研究のために自らの体を差し出した男の背中を見つめた。彼の体は人体の腐敗性を示す標本として牛のように切り刻まれ、その各部分が時空の中に閉じ込められている。

「なぜオスロで学ばなかったんです？」とバーグマンは奥のテーブルについて坐ったアレクサンデルに訊いた。

「どういう意味です？」

「ここに来たかったんですか？　それともオスロの医大には不合格だった？」

アレクサンデルはしばらくバーグマンの眼を見つめてから、そのまえのホルマリン漬けの胴体に視線を移した。

「逃げたかった。ぼくは突然、殺された少女の兄でしかなくなった。わかりますか？」

バーグマンは彼を見つめた。まちがいない。クリスティアンヌは、善悪の境を越え、彼を愛してしまったのだ。

「そのためにここまで来たんですか？」そう言って、アレクサンデルは小さく笑った。その笑いに彼の皮肉なことばがよけいきわだった。「ぼくの学習のしかたを訊くためにわざわざ来たんですか？」

バーグマンは首を横に振って言った。

「アンデシュ・ラスクがクリスティアンヌの件で再審に漕ぎつけたにもかかわらず、逃走したことは知っていますね？」

アレクサンデルはうなずいた。「矛盾していますよね。妹を殺していないと主張しているのに逃げるなんて」

「あなたは彼に習ったことがありましたか？」

「ええ」

「卒業後に接触したことは？」

アレクサンデルは鼻で笑って訊き返した。

「どう思います？」

間《ま》ができた。

アレクサンデルはテーブルに両手をついて立ち上がると、胴体の陳列ケースに近づいた。そして、ガラスに頭をもたせかけた。その顔が液体越しに歪《ゆが》んで見えた。

「モッテン・ホグダが実の父親だと知ったのはいつです？」とバーグマンはいきなり尋ねた。

「十八になる直前です」

「一九八八年の春？」

「そうです。長いこと信じられなかった。だけど、眼に見えて明らかになっていった。父の眼にも」

「どう思いました？」

「何をです？」

「モッテン・ホグダが父親であるということを」

「あなただったら、どう思いました？」アレクサンデルは陳列ケースから離れると、両手をうしろに組んで、生徒のあいだを歩く年老いた校長のように、ケースのあいだを歩いた。

「お母さんのことはどう思いました？」

アレクサンデルは微笑んだ。

「あなたはなんなんです？　ぼくの精神分析医ですか？　母は頭がどうかしている。それもひどくね。誰もそれに気づいていないだけで」

バーグマンは、陳列ケースの中身に気を取られている様子の彼のあとを追った。

「半分しか血がつながっていないことをクリスティアンヌに話したことはありましたか？」

アレクサンデルは何か言おうと口を開きかけたが、気が変わったようだった。

「いったいどういう質問です？」彼は手足と頭を切り落とされた胴体のはいったケースに手をすべらせた。「ぼくはここが好きでね。生《せい》についていろいろと教えてくれる。そう思いませんか？」

「彼女に話しましたか？　半分しか血がつながっていないことを」

「ええ」

「いつ？」

「一度だけ」

「いつです？」

「最後の夏です」

「一九八八年の？」

アレクサンデルは、死んだ胎児のケースを見ていた。母親から取り出されたとき、親指をくわえていたのだろう。こんなものを見させられることになるとは――とバーグマンは思った――親指をくわえた死産児を見させられることになるとは。

「これが一番美しい」とアレクサンデルは言った。「息子とふたりでいるとき、よくこの子のことを考えるんです。死と生は紙一重だと」

彼はそこでことばが尽きたかのように話すのをやめた。そして、長らく胎児を見つめたあとまた口を開いた。

「ある週末、別荘でクリスティアンヌとふたりきりになって――」

「ヴァーレルの？」

彼は陳列ケースのガラスに向かってうなずいた。

「母と父は留守だった。天気がいい日で、クリスティアンヌはその日にかぎってハンドボールの練習を休んでいた。友達を連れてきてもいいよ、と言ったんですが、彼女はそういうことはしたくないと言った。ボーイフレンドと何か揉めたあとで、落ち込んでたんです」

「いずれにしろ、その日はふたりきりだった」

アレクサンデルは何も言わなかった。

「その週末、別荘で何があったんです？」

「何があったというんです？」

「あなたのお母さんは、クリスティアンヌはあなたに恋していたんじゃないかと言っていました」

アレクサンデルの表情は変わらなかった。

「多くの女の子がぼくに恋していました。でも、ぼくは関心がなかった」

「十五歳の妹には？　彼女には関心があったんですか？」

「クリスティアンヌは自分のしていることがわかっていた」

「じゃあ、お母さんが言っていたことはほんとうなんですね？」

「なんと言っていたんです？」

「あなたたちは――クリスティアンヌとあなたは寝ていたと」

アレクサンデルは静かに笑った。

「さっきぼくが言ったこと聞いてなかったんですね？　母はまともな頭の持ち主じゃないんですよ」

背後で勢いよくドアが開いた。ふたりの学生――男女――が倒れ込むように部屋に飛び込んできた。

「あ、すみません」男子学生が言い、女子学生は笑いだした。最初はひかえめに、そのあとヒステリックに笑いながら、また慌てて部屋から出ていった。

そんな一幕のあと、奇妙な沈黙になった。

ふたりは互いに探り合うように見つめ合った。アレクサンデルがわずかに頭を左に向けた。バーグマンはそれにつられないようにした。

「クリスティアンヌが消えた夜、あなたはひとりだったんですか？　どこかで彼女を拾ったんですか？」

「すみませんが」とアレクサンデルは言った。相変わらず落ち着いていて表面的には冷静な声だった。それでもなんらかの感情も感じられた。怒りか。「何が言いたいんです？」

「あなたたちが寝ていたというのがほんとうなのか、それから彼女が消えた夜あなたはどこにいたのか。それが知りたいだけです。あなたが行ったというパーティですが、真夜中以前にあなたを見たという人はひとりもいない」

「ぼくがクリスティアンヌを殺したとでも言いたいのですか？」

思春期の若者のように声が震えていた。が、そこから感じられたのは怒りではなかった。敗北感だった。追いつめられ、逃げ場を失った者の。

「あの夜、どこかでクリスティアンヌと待ち合わせをしてたんじゃないんですか？」

アレクサンデルは首を振って言った。

「パーティが開かれていたのはノーストランです。クリスティアンヌはノーストランから電車に乗った、でしょう？」そう言って、弱々しく微笑んだ。「ほかのところに注意を向けたほうがいい。たとえば、ぼくの母には助けが必要だということとか。母の言うことは何ひとつ信じちゃ駄目です。気づきませんでしたか？　母は病んでいる。まえも入院していたんです。知らないんですか？」

バーグマンは深く息をついた。頭がどうかしているのはどっちなのか。

「お母さんはそのことをほかの人にも話しましたか？　ペールエリックには？　モッテン・ホグダには？」

アレクサンデルは向きを変え、何も言わずにドアに向かった。

そして、最後の陳列ケースのまえで足を止めた。バーグマンは一瞬、切り落とされた脚がはいったケースを彼が押し倒すのではないかと思った。ガラスが割れ、緑のリノリウムの床に脚が転がり、ホルマリンがこぼれるのを覚悟した。

アレクサンデルは自分を抑えたようだったが、ドアまで歩くと、骨が折れてもおかしくないほどの力でドア枠を殴った。外科医は手を骨折したら何もできない。そのあと部屋を出ていき、バーグマンの視界から消えた。

バーグマンは一瞬ためらってから、あとを追った。廊下に出たときには、すでにアレクサンデル・トーステンセンはいなかった。どこに消えたのか、可能性は三つあった。まっすぐ進んで両開きのドアの外に出たか、左手のさっきのぼってきた階段を降りたか、右手の非常口から出たか。非常口のドアを開けたら警報器が鳴るはずだ。

バーグマンは階段を選んだ。が、すでに遅かった。受付に走り、さっきとちがう受付係にアレクサンデル・トーステンセンに連絡するよう頼んだ。

くそ。どこに行ったんだ？

「留守番電話に切り替わってしまいます。勤務時間外か――」

バーグマンは黙ってうなずいた。

タクシーでアレクサンデルが住むスコーレ通りへ行った。スイスの山小屋風の家の窓はどれも暗く、クリスマスのイルミネーションもついていなかった。何度か呼び鈴を鳴らしてから家のまわりを歩いた。靴の中に雪がはいり、バーグマンは、まずアレクサンデルから始めて自分が知るあらゆる人物を呪った。なんとか窓の中をのぞこうとしたが、無駄だった。

誰もいない。二階に隠れているのでもないかぎり。雪の中を、前庭の中央まであとずさりした。遠くからではよく見えないが、窓の中に人影らしきものはなかった。しばらく動かずに立っていたが、ガラスの向こうに誰かの顔が現われることはなかった。

メッセージの着信を知らせる携帯電話の音がした。

スサンヌからだった。

〝少女を見つけました。エードレ・マリア。一九六二年十月にノルドレイサで殺されています。でも、それ以上のことはわかりません〟。

よし。反射的にそう思い、そのあと、くそ、と思った。これで真実に近づいたわけではない。事件と事件の関連を見いださないかぎり。バーグマンは今頃になって、アレクサンデル・トーステンセンにエードレ・マリアのことを訊きそびれたことを思い出した。

オスロに戻らなければならない。改めてモッテン・ホグダと話す必要がある。目撃したことを通報しなかっただけでも罪に問えればいいのだが。

ラングネスに向かうタクシーの中で自分を呪った。はるばるトロムソまでやってきたのに、なんの収穫もなかった。

空港でソックスを買った。セキュリティゲートを抜けると、靴を脱いでソックスだけになって出発ロビーを歩きながら、まぬけな自分の姿を愉しんだ。

ゲートのまえの椅子でうとうとしていると、電話が鳴った。

「女房がやってくれたよ」とフレデリク・ロイターが言った。

「なんの話です？」

「地獄の口だ。忘れたか？」

ほんとうのところ、手紙のことは忘れかけていた。

「そんなことはありませんけど」

「グスタフ・フレーディングしか考えられないそうだ。女房は北欧言語を専攻していて、ことばにこだわりが強いんだ。彼女とスクラブル（文字を組み合わせてことばを作るゲーム）をやってもまず勝てない」

「グスタフ・フレーディング……なんですか、それは？」

「ものじゃなく、人だよ。昔の」

「はい」

「グスタフ・フレーディング。スウェーデンの詩人だ。ほんものの精神病患者で、人生のほとんどを精神科病院で過ごした。『ヴィジョン』という詩を書いている。その中にこういう一節があるんだ。〝私はすでに見た、地獄の口が開いているのを〟。わかるか？　〝私はすでに見たのだから。地獄の口が開いているのを〟。ほとんど同じだ」

　バーグマンはため息をついた。

「どうなんでしょうね」と答えた。「おれにはむずかしすぎる」

「おれは女房の肩を持つ」とロイターは言った。「女房はおれより頭がいいんだ。ということは、まちがいなくおまえより頭がいいということだ」

「その話はおれが戻ってからにしましょう」

「いいから聞け。これからおれが話すことは、まだ口外するんじゃないぞ。一、二時間後には公表されるが」

「その頃おれは飛行機の中です」

「コルボトンで十三歳の女の子が行方不明になっている。名前はアマンダ・ヴィクスヴィーンだ」

「家に向かっているところなんじゃないんですか？」

「ソフィエミール体育館から帰宅するところだった」

「いなくなってどれぐらいですか？」

「二時間だ」

「二時間。十三歳。勘弁してくださいよ。フォッロで騒ぎになってるんですか？」

「優等生タイプで両親もきちんとしている。体育館からまっすぐ帰るという約束も親としていた」

「優等生タイプほど面倒を起こすものですよ」

「両親は捜索願いを出そうとしている。彼女を連れて買いものに出かけることになっていたんだそうだ。なのに彼女は跡形もなく消えてしまったんだ、トミー。森の中を通って近道をしようとしていたようだが」

なんてことだ。バーグマン自身、何度となく行っているが、冬は真っ暗になる森だ。体育館とサッカー場のあいだに、ブラックホールのような個所がある。

「おれは楽観主義者なんで」とバーグマンはとりあえず言っておいた。

ロイターは電話を切った。ロイターは楽観主義者ではない。十三歳のアマンダは夜のあいだにひょっこり帰ってくるにちがいない。そんなことを思っていると、右のほうで何かが起きていた。セキュリティゲートのほうから言い争いが聞こえてきた。

自分の名前が聞こえた気がした。

いや、ちがう。バーグマンは眼を閉じた。グスタフ・フレーディング。どういうことだ？

「バーグマンさん。トミー・バーグマンさん。セキュリティゲートまで至急お越しください」スピーカーから聞こえてきた。自分が呼ばれているのに気づくのには、さらにしばらくかかった。

ゲートの反対側に、アレクサンデル・トーステンセンが短いひもでつながれた犬みたいに立っていた。

「ぼくを信じてください」彼はそう言った。

バーグマンは時計を見た。それからまたアレクサンデル・トーステンセンを見た。彼の隣りに立つ警備員は、この若い外科医に手錠をかけたくてうずうずしていた。

めあての便には乗り遅れるが、一時間後にも便はある。

「階下《した》で会いましょう」とバーグマンはアレクサンデルに言った。

階下《した》に降りると、アレクサンデルは到着ロビーのドアの外で待っていた。ふたりは黙ったままベンチに向かった。

「信じてください。クリスティアンヌには何もしていない。あの夜、ノーストランのパーティに行くまでぼくはひとりだった」彼は両手で顔を覆ってから、髪を掻《か》き上げた。

「でも、彼女はあなたを愛していた？」

彼は肩をすくめた。

「わかりません」

「ほんとうのことを言ってください」

「そうかもしれません」

「お母さんはどうしてそんなことを私に話したんでしょう？　お母さんはほんとうに信じてるんでしょうか？　あなたのベッドでクリスティアンヌの髪を見つけたと」

「ぼくがいないときにクリスティアンヌがそこで寝たのかもしれません。ぼくにはわからない」彼はさらに何か言おうとしてやめた。

「なんです？」

「母は近親相姦《そうかん》に取り憑《つ》かれていた。まるでぼくを焚《た》きつけているみたいだった。〝結婚できるのよ〟などと笑顔で言ってきたこともある。その笑みがぼくは恐ろしかった。〝きっと美しい子供ができるでしょうね〟なんてことも言った。ぼくとふたりきりになると、しょっちゅうそんなことを言うんです。〝アレックス、あなたはほんとうに美しい〟って。いつかぼくのベッドにはいってくるんじゃないかとぼくは気が気じゃなかった。わかります？」

バーグマンはただ首を振るしかなかった。

「よくはわかりません」

「母には今も助けが必要だということです。ぼくがなぜこの地まで来たかわかりますか？母から逃げたかったからです。モッテンからも。彼も母に負けず劣らず狂ってる」

「お母さんはフレンズビーにいたんですよね。私自身、お母さんに会ったことがある気がするんです。子供の頃に」

「フレンズビーに？　知りませんでした」

「お母さんからは聞いたことがありませんか？」

アレクサンデルは黙ってバーグマンを見つめた。バーグマンは次第にわかってきた。おれはどこかでちょっとしたミスを犯したのだ。

「もう行かないと」とアレクサンデルは言った。

バーグマンは彼のうしろを歩いた。

ふたりは出口で別れた。バーグマンはまっすぐスカンジナヴィア航空のカウンターに向かい、コンピューターを借りたいと言った。カウンターの中の若い女性に警察の身分証を見せると、中に入れてもらえた。ブラウザを立ち上げて〈ダークブラーデ〉紙のサイトを開いた。アンデシュ・ラスクがトロンヘイムで警官に撃たれていた。ついさきほどのことらしい。

案の定、携帯が振動を始めた。ロイターだった。バーグマンはそれを無視して、ブラウザの検索窓に〝グスタフ・フレーディング〟と入力した。

モノクロの写真がずらりと出てきた。立派なひげをたくわえたこの禿頭《はげ》の男は、いかにも何かに取り憑かれているような面構えだった。

が、手がかりになるようなものは何もなかった。一番眼を惹く、黄ばんだモノクロの写真をクリックした。左下に白い字で何か書かれていた。それを読んでも何もわからなかった。

いったいどういう男なんだ?

それよりどうしてスサンヌはおれが頼んだ仕事を終わらせられなかったんだ?

時計を見た。自分で〈ノーリス〉社に行くこともできたが、今夜は家に帰らなければならない。

新聞記者のフランク・クロコール。これで彼には大きな借りをつくることになる。

〈ダークブラーデ〉のヴェテラン記者はすぐに電話に出た。

「言っただろ、ラスクじゃない。アンデシュはトロンへイムで警察のバリケードに遭遇した。一方、そこから五百キロ以上離れたコルボトンで女の子が姿を消した。おれの言ったとおりだろ、ちがうか?」

「なんでわかった？」とバーグマンは思わず言ったものの、言ったそばからもっと慎重になるべきだと後悔した。

「おれにはあんたが一生かかっても手に入れられない情報源があるんだよ。あんたが生まれるまえからの」

「じゃあ、ひとつ頼みを聞いてくれ。あんたはトロムソの出身だったよな？」

クロコールは答えなかった。

「そうだとしてだ、おれがエードレ・マリアのことを訊いたのを覚えてるか？」

「すまん、トミー。最近はいろんなことがあってな」

「〈ノーリス〉の死亡記事を手に入れてほしい。一九六二年十月を中心に」

「おれは〈ノーリス〉を読んで育った」

「それならよく覚えてるだろう」

「そんな年寄りじゃないよ」

「伝手をたどって手に入れてくれ。大急ぎで。それに関するものはなんでも欲しい。誰がどこで何をしたか。いいか？」

「おいおい、トミー。あんたはもうちょっと秩序を重んじる人間だと思っていたがな。クリスマスのまえに暖かいところに避難させてくれよ」

「頼むよ。最初にスクープを書かせてやるから」

電話の向こうでクロコールが煙草を指で叩いているのが聞こえた。

「エードレ・マリア。一九六二年十月。その死亡記事を手に入れてどうするつもりだ?」

おれにもわからない——バーグマンは思った。それを解明することに自分が耐えられるかどうかもわからなかった。

55

トルヴァールに保育園までマテアを迎えにいってもらうことについては、さすがに罪悪感を覚えるべきなのだろうか？　答はまちがいなくイエスだ。

スサンヌ・ベックは電話の受話器を耳に押しあてながら、国民登録台帳に名前を入力した。四時半から始めて、やっと一棟目のアパートメントの住民を調べおえたところだった。なんとも要領の悪いやり方だが、ほかに方法を思いつかなかった。それに、バーグマンがトロムソから帰ってくるまでに終わらせなければならない。結果を出せなかったら終わりだ。バーグマンに無能力者と思われてしまう。

窓に映る自分の姿を見ながら、マテアの声に集中した。

「トルヴァールと愉しんでる？」

「うん」

「テレビで何を見てるの？」

「ふるいもののやつ」

「古いもの？」

うしろからトルヴァールが声をあげた。「アンティークの番組とかだよ。見たいって言ったのはマテアだ」

　嘘ばっかり。

「トルヴァールのパンケーキはママのよりおいしいよ」

「でしょうね」スサンヌは時計を見た。マテアを寝かせる時間はとうに過ぎている。

「疲れてないの？」

　スサンヌは、一棟目の三階に住むランディ・イエルウルフセンの元夫の情報を印刷した。ロルフ・イエルウルフセンは暴行で二回有罪判決を受けていた。

　まったく、信じられない。

　トルヴァールが電話口に出た。

「いいかい」と彼は小声で言った。「もしきみが死ぬようなことがあったら、ぼくがマテアを引き取るから。それははっきり言っておく。それでいい？」

　スサンヌは重いため息をついた。

「そうしたら、あなた、ニコライのところに転がり込むことになるけど」

「問題ない」

「あの子を寝かせて。お願いだから。歯磨きを嫌がったらそれでもかまわない。それから
……」

「何？」

「あなたのこと、大好きよ」

「ありがとう。ぼくもだ」

電話は切れ、ツーツーという機械音が耳に響いた。スサンヌは両手で顔を覆いながら、泣いてはいけないと自分に言い聞かせた。くたくただった。でも、これをやらなければならない。バーグマンにはあまりよく思われていない。それは確かだ。でも、これをやり遂げて有力な容疑者を見つけられたら、彼だってわたしを常勤にするか、そこまでいかなくても、今の暫定的なポジションの期間を延長するか、どちらかせざるをえなくなるはずだ。少なくとも彼女は後者であってほしいと願っていた。

廊下からフレデリク・ロイターの声が聞こえ、スサンヌは背すじを伸ばした。

しっかりしなさい。めそめそしてちゃ駄目。リーネが死んだときでもここまでじゃなかった。

「今日は娘さんを連れてくるのかと思ってたよ」とロイターはスサンヌの部屋にはいってきて言った。

スサンヌはぼそぼそと意味のないことをつぶやいた。

「イエンスルードゥは銃弾を受けて死んだ。これはしばらくは口外無用だ」

「ラスクは?」

「撃たれてはいるが、死んじゃいない。夜のあいだに死んでくれればいいんだがな」

「でも、フールバルゲと奥さんを殺したのはそのふたりじゃありません。こうなると、捜査が進展しているとは言えないですよね」

　ロイターは何も言わなかった。かわりに、シャツの胸ポケットから爪楊枝《つまようじ》を取り出した。スサンヌは身震いした。ロイターはぼろぼろになるまで一日じゅう同じ楊枝を使う。彼に恨みはないが、あの爪楊枝のことを考えるだけでも、たとえフレデリク・ロイターが地球上で最後の男になったとしても彼に惹かれることはないだろう。そう思った。

「きみは何をしてるんだ？」

「スコイエンです」そう答えながらも、スサンヌは台帳に続いてエクセルのスプレッドシートに名前を入力し、登録者のリストを照合するという作業を続けた。

「そうか」ロイターは奥歯のあいだを丹念につつきながら言った。「ところで、グスタフ・フレーディングという名前を聞いたことがあるか？」

「フレーディングですか？　いいえ。なぜです？」

「訊いてみただけだ。一時間後にニュースサイトを見てみろ。こんなことを言うのは気が引けるが、われわれのクリスマスはこれでもう台無しだな」

　ロイターは部屋から出ていった。スサンヌは眼を閉じた。彼が考えていることがはっきりわかった。スサンヌ・ベックは頭の足りないブルネットだ。税金を無駄にして、離婚なんかして小さな子供をひとりで育て、エクセルにただ名前を入力して時間を過ごしてる。

十時になり、家に帰る準備をしているところにバーグマンから電話がはいった。彼の声を聞くと意外なことに心が安らいだ。スサンヌは、エードレ・マリアのことを公立図書館で調べたことを話し、この際だからと、スコイエンのほうもまだ調べつづけていることを伝えた。バーグマンは怒らなかった。これは誉められているということなのだろうか？もっとも、あまり関心があるようなふうでもなかったが。

「死亡記事は調べたか？」

「死亡記事？」

「エードレ・マリアのだ。彼女の死後、新聞に死亡記事が載ったはずだ。事件とは別に確かめる価値はある」

トロムソに一泊して、明日の朝一番で〈ノーリス〉社に行ってくれればいいのに。スサンヌはそう思ったが、言わずにおいた。

「じゃあ、また明日」バーグマンはそう言って電話を切った。

ええ、また明日。時計を見て、またコンピューターに向かった。

三棟目のアパートメントから適当に名前を拾い、台帳の検索窓に入れた。

〝アンネ＝ブリット・トーゲルセン　一九四七年生まれ〟

クリックして詳細を見た。

子供がひとり。一九八五年に生まれている。

子供の父親の名前に思いあたるのに少し時間がかかった。しばらくマウスと格闘した。偶然の一致のはずがない。彼は当時あそこに住んでいたのだろうか?

一瞬にして頭が冴え、バーグマンが書いた報告書の一部が甦った。〝クリスティアンヌ再審〟という名のついたフォルダーを開いて読んだ。〝元妻らしき相手から電話。彼は元妻にアパートメントを譲ったとのこと。場所はここのすぐ近く。今ならひと財産になる額だという〟。

すばやく検索をかけ、胃がずしんと重くなった。キーボードの上で指が強ばった。彼は一九九〇年にネドル・スコイエン通りから引っ越していた。

そんな馬鹿な。

不意にロイターのことばが頭に浮かんだ。〝一時間後にニュースサイトを見てみろ〟。〈ダークブラーデ〉紙のサイトを開いた。

アマンダ（十三歳）　コルボトンで失踪

ああ、なんてこと。彼であるはずがない。

手帳をめくって彼の電話番号を見つけた。国民登録台帳のページを見た。彼は一九八八年にスコイエンに住んでいた。まちがいなく住んでいた。スサンヌは電話番号の四桁目まで入力して、やめた。

ロイターがまだいることを期待して廊下に出た。彼のオフィスは暗かった。腕時計を見た。残業手当もつかないのに、こんな時間まで仕事をする人間がどこにいるというの？

それでも、わたしはやらなければならない。バーグマンの番号に電話をかけた。留守番電話に切り替わり、スサンヌは眼を閉じた。

バーグマンに話さなければならない。

しかし、ほんとうにそんなことが起きたのだろうか？

56

スサンヌは周囲を見ずにグロンランド通りに飛び出した。間一髪のところでバスがブレーキを踏んだ。スサンヌはしばらく舗道に立ち尽くし、自分がもう少しでバスに轢《ひ》かれるところだったことを頭に刻んだ。すんでのところで死なずにすんだことを。

あそこでもそうだったのだろうか？

タイ料理店の窓に寄りかかって体を支えた。窓枠に沿って取りつけられたけばけばしいクリスマスのイルミネーションに一瞬、頭が混乱した。もうクリスマスだった？

スサンヌは彼とふたりきりになった。いや、やはりばかばかしい。

マンダルス通りを曲がって自宅に向かった。泥混じりの雪がショートブーツの上まで跳ねた。コルボトンの気の毒な両親。記事の導入部までしか読めなかった。それだけで気分が悪くなった。

警察のエレヴェーターで一階に降りたところでも、何か恐ろしいことが起きたという感覚に襲われた。アパートメントでトルヴァールが殺されている。マテアは生きているが、血だらけでドアのほうに這《は》いながら叫んでいる。「ママ！　ママ！」

震える手で建物の入口の鍵を開けた。ドアを閉め、中庭を半分ほど走ったところで立ち止まった。

上階のキッチンの窓に吊るされているクリスマスのライトを見ると、安心できた。なんといってもクリスマスなのだ。そんなに悪いことが起きるはずがない。そう？　ほんとうにそう？

　入口の階段はフログネル通りの建物を思い起こさせた。実際に行ったことはないが、写真で見ていた。クリスティアンヌの司法解剖も同じだ。いつまでも頭から消し去ることができないでいる。

　自宅の玄関のドアを叩いたときにはもう心臓が早鐘を打っていた。ジャケットのポケットから鍵を取り出す元気もなかった。

「どうしたの？」とトルヴァールは言った。彼の顔がいつもに増してハンサムに見え、思わず笑みがこぼれた。

「なんでもない。ちょっと疲れたの。大丈夫だった？」

「夢みたいだった。ぼくにもあんな子が欲しいな」

「だったらわたしと結婚して」

　トルヴァールはスサンヌのジャケットを受け取り、コヨーテの毛皮を顔にあてて廊下の鏡に自分を映した。

「気をつけてよ、派手好きさん。でも、階下《した》に帰るまえにワインを一杯つき合ってくれる?」スサンヌはブーツから足を引き抜き、マテアの部屋に向かった。

そっとドアを開けた。天窓から射し込むかすかな光の中に娘はいた。掛布団の上に寝てしまい、片足をベッドから垂らしていた。

スサンヌはベッドの裾に腰かけ、剝《む》き出しの小さい足を撫《な》でた。愛してる。心から愛してる。

いつのまにかトルヴァールがワインを半分注いだグラスを手に戸口に立っていた。

「どうかした?」と彼は小声で言った。

「いいえ」スサンヌは立ち上がり、彼の手からグラスを受け取った。

テレビの音が静かに流れる中、彼の膝枕でソファに横になった。テレビは、トルヴァールが週末見そびれたイギリスのトーク番組の再放送をやっていた。

十分後には眠りに落ちていた。子供の頃以来見ていなかった悪夢にうなされた。古い家の地下室にひとり。生臭く湿った空気と粗いコンクリートの壁。真っ暗な中、手探りで壁を伝う。手からは血が出ている。マテアが呼んでいるが、その声はほとんど聞こえない。時々、拷問を受けているかのように叫び声をあげ、そのあとことばを覚えたての幼児のように「ママ!」と叫ぶ。

スサンヌははっとして眼を開けた。

トルヴァールが彼女の額に手をあてて言った。

「どうした？　仕事に関係あること？」

スサンヌはそれには答えず起き上がり、携帯電話で時間を見た。もう十一時半だった。

「少し寝るわ。明日連絡する。いつもほんとうにありがとう」彼の頰にキスをして、ソファから立たせた。

トルヴァールは靴を持ってドアノブに手をかけた。そこで一瞬動きを止め、何か言いたそうにスサンヌを見た。

「どうかした？」

「明日話すよ」彼はそう言って出ていった。ひとつ下の階に戻るだけだったが、スサンヌは彼が階段を降りるのを見送った。

十一時半。スサンヌはドアのチェーンをしっかりかけた。

玄関の鏡に映る自分を見つめた。眼のまわりに出はじめている皺。額の皺。母から受け継いだものだ。母にはうんざりだ。何もかもうんざりだった。電話を握りしめた。今電話をしてもいいだろうか？　いや、むしろするべきなのではないか。

〝場所はここのすぐ近く〟。それはまちがいない。それとも、クリスティアンヌが会いにいった相手は別の誰かか？　まだ住人の三分の一も調べていないし、住人の関係者や元家族についてはもっと少ない。

居間に戻り、ソファに坐った。トルヴァールの体温が残り香のように残っていた。テレビから観客の笑い声が小さく聞こえた。広いロフトを見まわした。三人——ニコライ、スサンヌ、マテア——でも広すぎた。今ではばかばかしいほど広く感じられる。広い洞窟みたいだ。それに暗い。

赤ワインのグラスを口まで運んだ。

そのとき廊下で携帯電話が鳴った。古い箪笥の上に置きっぱなしにしていた。グラスを持ったまま電話を取りにいった。

トミーに電話しなきゃ、と思った。

電話はトルヴァールからだった。

「もう寝てた？」

「まだ。もうすぐ寝るわ。怒ってないわよね？　ただ疲れてて。それだけ」

彼は答えなかった。

「トルヴァール？」

「話さなきゃと思ったんだ。忘れてた」

話さなければならないことをどう話そうか考えあぐねているのか、いつもと声がちがっていた。スサンヌはうなじの毛が逆立つのを感じた。どう考えてもこれはいい話ではない。

「何？」思いがけず、声がきつくなった。

「マテアが今夜寝るまえに話してくれたんだけど」彼はそこでことばを切った。

ワイングラスを握る手に力がこもった。玄関の鏡の中の自分と眼が合った。その眼は虚ろで、自分ではないみたいだった。落ち着いて、と自分に言い聞かせた。興奮しちゃ駄目。あのいまいましい母にもよくそう言われたじゃないの。

「マテアが何を話したの？」保育園に新しく来た、あの感じのいい若い男の先生に触られたとか？　殺してやる。全部切り落としてやる。

「いや、なんでもないに決まってる」

「いいから言って」

「今日、ひとりで園庭に出ていたらしい。庭が好きで……」

両手と腕が麻痺《まひ》したような気がした。頭の中が吹雪で真っ白になったような気にもなった。

「フェンスの向こうにいた女の人とおしゃべりをしたらしい。いい人だったけど、ちょっとびっくりしたってマテアは言ってた。いつかまた来るけど、誰にも言わないって約束してと言われたそうだ」

「また来る？」

「その女性が自分でそう言ったそうだ。マテアのことを可愛いとか言ったらしい」トルヴァールの声がほとんど耳にはいらなくなった。

「なぜ電話してくれなかったのよ？　あなただって――」そこでやめた。眼に涙が浮かんできた。

「怒らないで。忘れてたんだ」

「忘れてた？　よくそんなこと、忘れられるわね！」

「ごめん」彼は子供のように言った。

「わかった」不意におだやかな気持ちになった。子供はひとりでたくさんだ。「いいのよ」が、トルヴァールがまた話しだしたとたん、そんなおだやかな気持ちはいっぺんで消え去った。彼がひとつ目のことばを口にしたときには、次にどんなことばが来るか予測できなかった。が、ふたつ目のことばを聞いた瞬間、スサンヌはグラスを落としそうになった。

「エードレ・マリア」と彼は言った。「なんだか妙なんだけど――」

スサンヌは鏡の中の自分の顔が次第に歪んでいくのを見つめた。今度はスサンヌが子供のように泣いていた。

「スサンヌ。何か言ってくれ。なんでもいいから」

グラスが手からすべり落ちたのにも気づかなかった。グラスの割れる音だけが耳に届いた。ぼんやりと床を見下ろした。床に飛び散り、ズボンにもかかった赤ワインはまるで血のようだった。

「嘘だと言って」とスサンヌは小さくつぶやいた。

「ええ?」

「マリア。エードレ・マリア。嘘だと言って」

「でも、マテアがそう言ったんだ。その女性はエードレ・マリアだと名乗ったって」

57

可愛い女の子だけが〈マールボロ・ライト〉を吸う。バーグマンはそんなことを思いながら、本棚に並ぶ本の奥に手を伸ばした。〈プリンス〉を切らしてしまい、こういうときのために隠してある予備の煙草を探して、アパートメントの中を引っかきまわした。

あった。煙草のパッケージに手が届いた。ヘーゲが置いていったのだ。免税店で買ったものだが、どの旅行のときかは覚えていない。さんざんだった旅行のどれかだ。それを言うならどれもさんざんではなかったか？　いや、どれもではない。

全体が白い、フィルター付きの煙草に火をつけたちょうどそのとき、電話が鳴った。バーグマンは時計を見た。アレクサンデル・トーステンセンか。モッテン・ホグダを見張っている監視班か。最初の報告はなんの役にも立たなかった。あるいは、ホグダは八時までオフィスにいて、その後、通りをはさんだ向かいのアパートメントに帰った。五分後、彼のアパートメントの明かりは消えた。今もそこにいる。

電話はバーグマンが出るまえに一度切れた。が、すぐにまた鳴りだした。

スサンヌだ。この時間に？

緑の通話ボタンを押したと同時に彼女の叫び声が聞こえた。「来てください。すぐに来てください！」

「きみが落ち着いたら考えよう」

彼女は黙った。泣いているのがわかった。

「彼女がわたしの娘を狙ってるんです」

バーグマンは首を振った。

「なんの話だ？」

「マリアです」スサンヌは囁《ささや》くように言った。「エードレ・マリア」

「エードレ・マリア？」

スサンヌはそのあとは何も言わなかった。

電話を耳に押しあてたまま、バーグマンはダウンジャケットの左袖に腕を通した。レイヴンのピストルが胸にあたった。こいつを使うことになるのか。

「自宅にいるのか？」

はい、という返事がかろうじて聞こえた。

「急いでください。とにかく急いで」

信頼のおけるエスコートは一発でエンジンがかかった。スサンヌのアパートメント・ビルのまえに二重駐車した。インターフォンを押すと男が出た。

「誰だ？」とバーグマンは言った。

「友人です」やはり泣いているような声だった。バーグマンは頭を振った。世の中にはおれなどの理解のとうてい及ばないものがある。

スサンヌがドアを開け、すぐに彼を招き入れた。首を長くして待っていたのだろう。

「エードレ・マリア」と彼女は小声で言った。「エードレ・マリアが保育園に来たんです」

中から音が聞こえていた。テレビがついていた。子供向けの映画だった。

スサンヌは説明した、何があったのか。娘が保育園でフェンスをはさんで女と話し、女はエードレ・マリアと名乗り、マテアに可愛いと言った……

バーグマンは居間にはいり、坐っていたハンサムな男に会釈した。

「トルヴァールです」とスサンヌが紹介した。ふたりは握手した。「この階下《した》に住んでいる友人です。親友なんです。マテア、何があったかトミーに話して」

スサンヌの娘は答えなかった。ソファの反対側の端に寝そべり、大きな眼でテレビに見入っていた。

バーグマンはコーヒーテーブルからリモコンを取ってテレビを消した。

「手伝ってくれないか、マテア」

「いい人だった」

「それはよかったね」

「あしたまたおしゃべりするの。ほいくえんで」

「髪の色は何色だったか覚えている？」

「テレビみたい」

「明るい色だった？　暗い色だった？」

「わかんない」

「マテア」とスサンヌが言った。「ちゃんと——」

「テレビを見させてやろう」バーグマンはソファから立ち上がり、キッチンを指差した。キッチンに行くと、スサンヌはグラスに赤ワインを注いだ。バーグマンは首を振って断わった。スサンヌはそれをジュースのように二口で飲み干した。「エードレ・マリアの記事を印刷したか？」

スサンヌはうなずいた。「でも、オフィスに置いてきました」

「取ってくる」

「どういうことだかわかりません。彼女は死んだはずなのに」

「きみは今日は何をした？」

「トミー、クリスティアンヌはスコイエンに行ってたんです。誰に会いに行ったのかもわかる気がします」

「誰だ？」

「彼女が愛していたのはその人だと思います」

バーグマンは眉をひそめた。まったくわけがわからなかった。

「ファーバルグです。ヨン＝オラヴ・ファーバルグ。当時スコイエンに住んでいたんです」

「確かか？　でも、それはありえない。おれたちが捜してる相手のひとりはおれを知っている。おれか、おれの母を。ファーバルグであるはずがない」

「どういう意味です？」

「コンピューターはあるか？」

スサンヌは廊下を指差した。

「ニコライが使っていた書斎にあります」

「エードレ・マリアは死んでいる。死んでいるはずだ」おれの母が生まれた町で殺された。それは否定しようのない事実であり、その事実を考えただけで、バーグマンは体が変調をきたしたような気分になった。

パソコンを開いてブラウザの検索窓に〝グスタフ・フレーディング〟と入力した。画面に写真が出てきた。まえに気になった、黄ばんだモノクロ写真をクリックした。下に白い文字でこう書いてあった。〝グッドウィン。ヨン・ノレン。ウプサラ〟。

「ロイターが言うには、おれに手紙を書いた人間はこの男の詩を引用しているそうだ。それからエリザベスは、クリスティアンヌが兄のアレクサンデルを愛していたと考えている。ファーバルグのことは何も言ってなかった」

「信じられない」いつのまにかバーグマンの隣りに立っていたスサンヌが小声で言った。

バーグマンはスサンヌを見やった。スサンヌは画面を指差した。

「この写真」

「これがどうした？」

「彼、彼です、トミー」

「彼？」

「ヨン＝オラヴ・ファーバルグ。彼女の先生。彼女のコーチ。わたし、彼の家に行ったんです。殺されていたかも。わたしがいるあいだ、殺すことを考えたんじゃないでしょうか。彼の家でふたりきりになったんです。ずっとふたりきりだった」

バーグマンは立ち上がって、彼女の両肩をつかんだ。

「最初から話してくれ、スサンヌ。なんの話だ？」

「それと同じ写真がファーバルグの書庫に掛かってました」

バーグマンは何も言わずに廊下に出た。スサンヌもあとを追って出た。

「タオルをくれ」

スサンヌは戸惑いながらも言われたとおりタオルを渡した。

ダウンジャケットの内ポケットからピストルを出してタオルで包んだ。

「何も訊くな。ファールバルグが現われたら、何も考えずに腹を狙え」

58

一階の回転ドアを乱暴に押して中にはいった。警備員がうしろから声をかけてきた。バーグマンはそのときにはすでに階段を半分のぼっていた。

ファーバルグ。こめかみの血管が破裂しそうだった。彼は女装するのだろうか？　ルーネ・フラータンガーが言っていた、ふたつの心を持つひとりの人間なのか？

身分証をカードリーダーにかざしてからガラスのドアを押した。鍵がかかっていた。もう一度かざした。ドアがかちりと音をたてた。二秒待ってからゆっくりドアを開け、照明のスウィッチを入れた。

「めんどくさいドアだ」そうつぶやきながら、スサンヌのオフィスまで廊下を走った。頭上の蛍光灯がひとつずつ点灯した。それとともに思考がはっきりしてきた。ヨン＝オラヴ・ファーバルグ？　エードレ・マリアとなんの関係があるんだ？　エードレ・マリアが鍵だ。そうにちがいない。加えてファーバルグは自宅にフレーディングの写真を飾っている。彼だ。彼なのだ。アンデシュ・ラスクの架空の友人、イングヴァルのことをおれに吹き込みやがった。

見つけたらとことん痛めつけてやろう。が、そのまえにエードレ・マリアのことを話させる。

スサンヌは、エードレ・マリアに関する記事のプリントアウトをひとつのフォルダーにまとめていた。バーグマンは一枚目に眼を通した。一九六二年。事件のことはほとんど書かれていない。当時のマスコミは警察の内情を忖度《そんたく》したのだろう。それで、明らかに行きづまっている捜査を追及するのは手びかえたのだろう。

フレデリク・ロイターに電話をかけた。

「どうでもいいような話じゃないだろうな」

「まだ零時にもなっていないのに。ベッドにはいっているのは子供ぐらいなもんです」

「コルボトンの十三歳を見つけたのか？」

「本部長に連絡してください。武器とパトロール警官がふたり要ります」

ロイターは何も言わなかった。

「犯人を見つけました」

「どこで？」

「マルモヤです。ヨン＝オラヴ・ファーバルグ。クリスティアンヌがかよっていた学校の教師のひとりで、ラスクの同僚だった」

「マルモヤ？　住所を教えてくれ」

その声からして、ロイターはすぐにでも自宅の地下室に走って銃の保管庫の鍵を開けるだろう。

あとはどっちがさきにあいつを殺すかだ。バーグマンはパトカーに乗った。マンダルス通りを過ぎてトイエンベッケンに向かう途中、古いスミス&ウェッソンをホルスターから抜いた。そして〈世界イスラムミッション〉の建物のほうを――スサンヌのアパートメントのあるほうを――振り返った。

59

ファーバルグ邸の私道に近づくと、パトカーはみなヘッドライトを消し、サイドランプだけをつけて走った。バーグマンは銃口を少し上に向けてピストルを持ち、家全体を見渡した。車は雪の上をすべるように進んだ。家は見捨てられたかのようにひっそりとしていた。屋外灯以外は二階にひとつ明かりが見えるだけだった。

バーグマンはピストルを構え、用心深く車から降りた。〈ケヴラー〉の防弾チョッキは拘束衣と変わらず、すぐに剝ぎ取りたくなる。ファーバルグが攻撃してくるまえに殺すつもりだった。攻撃してこようとくるまいと、ファーバルグを生かしたまま捕まえることは絶対にない。

指揮官が、四人の部下のうちひとりに家の横に、もうひとりに家の前面につくよう合図した。少なくとも彼らはレーザーポインター付きのMP5を持っている。バーグマンが持っているような古色蒼然《こしょくそうぜん》たるがらくたピストルとはわけがちがう。

大型のダッジのヴァンの陰で指揮官と簡単な打ち合わせをしたあと、バーグマンは家の裏にまわった警察官のあとに続いた。雪の中を歩くと、一足ごとに靴が濡れて冷たくなった。警官はすでに海に面したパティオに上がっていた。バーグマンは急いでその隣りに並んだ。家のそちら側の明かりは消えていた。警官は壁に張りつき、アサルトライフルのライトを居間の窓に向けた。バーグマンは窓をはさんで反対側の壁に張りついた。

警官が首を振って言った。

「何も見えません」

無線機から雑音が聞こえた。

「呼び鈴を鳴らす」と指揮官の声が続いた。

「了解」と警官は答え、ポーチのドアに向けてサブマシンガンを構えた。レーザーポインターの赤い点が居間の床を這っている。ソファ。本棚。暖炉。

一瞬、誰かが見えた。

誰かいる。

十三歳の少女。バーグマンはとっさにそう思った。しかし、彼が自宅の居間に少女を隠すわけがない。いや、隠したのだろうか？　あるいはここで殺した？

「待て！」とバーグマンは大声をあげた。警官は飛び上がった。

「応答がない」と無線機から指揮官の声がした。

バーグマンは両手で眼の両脇を囲い、窓ガラスにその手をあてて中をのぞいた。ガラスが曇らないよう息を止めたが、止めていられたのはほんの数秒だった。心拍数が上がりすぎていた。酸素を取り入れずにはいられなかった。ファーバルグが居間のどこかに立っていたとしたら、バーグマンの顔はなんともたやすい標的になっていただろう。

遠くからかすかに車の音が聞こえた。いや、気のせいか。背後の木々のあいだを風が吹き抜けた。そのあと静寂と闇がやってきた。

そして車も。車が一台やってきて家のまえに停まった。

バーグマンはまたガラスに顔を押しつけた。

海が見える窓に向かって置かれたソファに誰かが横たわっていた。ファーバルグかもしれない。

バーグマンは窓を叩いた。

「開けろ、ファーバルグ」

ガラスが割れそうなほど強く叩いた。居間の人影には動く気配がなかった。

「銃を貸せ」とバーグマンは言った。家の反対側から、車のドアが閉まる音が聞こえてきた。バーグマンは銃床をポーチのドアのガラスに三回叩きつけた。ガラスの割れる音があたりを満たした。バーグマンは手を中に突っ込んで錠を開け、ノブをまわした。

赤い点が居間のあちこちを照らした。セキュリティシステムのセンサーが作動していた。市のどこかで警備会社の警報ベルが鳴っているはずだ。

バーグマンはピストルを警官に渡し、ガラスの破片の上をゆっくり歩いた。マシンガンのライトをつけた。赤い点と鋭い光が壁を這った。割れたガラスの音と玄関のドアが開く音にバーグマンは一瞬混乱した。部屋の中央のソファにライトを向け、次に左手の壁に向けた。まえに見た写真が照らし出された。グスタフ・フレーディング。スサンヌがここで見たと言っていた写真だ。

天井の照明がつき、バーグマンは眼がくらんだ。それからソファに横たわる女性——女性だったもの——を見た。ベージュの革のソファは、無数の刺し傷から流れた血に染まっていた。顔はほぼ失われていた。誰かはわからない。ヨン＝オラヴ・ファーバルグの妻かパートナーか。

「うわっ」うしろから警官の声がした。今にも泣きだしそうな、そんな声だった。

「どういうことだ？」バーグマンはMP5の銃口を下に向けながら自問した。

ジャケットのポケットで電話が鳴った。ジャケットのまえを開け、防弾チョッキのマジックテープをはずした。息苦しかった。ディスプレーには〝フランク・クロコール〟と出ていた。

女性の体を調べた。警官は歩きまわりながら、もう手遅れながら、携帯無線で救急車を要請していた。

バーグマンはパティオに出た。

クロコールからまた電話がはいった。いったいなんの用だ？

「もしもし」窓越しに居間を見ながら電話に出た。

「何かあったのか?」とクロコールは言った。ブン屋はこっちの声の調子だけでニュースを嗅ぎつける。バーグマンはいつも声に出ないように努めるのだが、いつもうまくいかない。

「そっちこそなんだ?」とバーグマンは言った。

「死亡記事だよ。すぐに見つかった」

「それで?」

「エードレ・マリア・レイエセン」クロコールは読み上げた。「一九四六年五月三日生まれ、一九六二年十月一日死去。家族はグンナルとエステル。それにもうひとつ名前がある」

バーグマンは全身から血の気が引くのを覚えた。耳元で聞いた名前が一瞬理解できなかった。

「どういうことだ、トミー?」クロコールは彼に二度尋ねた。それにも答えられなかった。

60

娘とふたりで歯を磨くときには、たいていなんとも説明のつかない安らぎを覚える。今夜はもう遅いので、歯磨きを飛ばしてもよかったのだが。

この喜ばしく日常的な儀式が心の平安を保ってくれるのだ。スサンヌはそう考え直した。トルヴァールは赤ワインを取りに自分の部屋に戻っていた。スサンヌのところにはもう残っていなかった。とはいえ、ヒステリーを起こすわけにはいかない。ドアは中庭側も通り側も鍵がかかっていた。

ワインをちょっとだけ、とスサンヌは思った。欲しいのはそれだけだ。

この秋はかなり飲んだ。クリスマスが終わったら改めなければ。

ドアの鍵をかけるのを忘れてはいけない。

もちろん。もちろん鍵はかけた。

居間の音楽はかすかに聞こえるだけだった。バスルームのドアは半分閉まっていた。

「ママ、だいすき」とマテアが言った。「ママ、きれい」

スサンヌは突然誉められて、小さく頭を振った。歯ブラシを濡らして腰を伸ばした。長くかがみすぎていたようで、頭に酸素が行き渡っていない気がした。一瞬くらくらして眼のまえが真っ暗になった。

われに返ると、水道の水の音がまるで滝のように不自然に大きく聞こえた。スサンヌは鏡に眼をやった。

白い顔が鏡の隅に映っていた。

バスルームの入口にいる。

鼻から大きく息を吸った。水の音があらゆる思考を押し流した。スサンヌは眼を閉じてすぐに開けた。

顔は消えていた。

蛇口を閉めることに全神経を集中させた。アパートメントの中は静まり返っていた。

「ママ?」

スサンヌは床のタイルを見つめた。

「どうしてへんないきのしかたをしてるの?」マテアはそう言いながら、スサンヌの手から歯ブラシを取ろうとした。が、スサンヌは離さなかった。離せなかった。もう一度鏡を見た。

顔は消えていた。

でも、確かにそこに映っていた。

白い顔に黒い髪の女性が。

「静かにして」とスサンヌは言った。「トルヴァール？」

「ママ、どうしたの？」

「なんでもないわ」マテアに向かって微笑んでみせた。マテアの表情からすると、うまく安心させられたようだった。「ゲームをしましょう」と囁いた。「百まで二回続けて言える？」

「たぶん」

「ママは外に出てバスルームのドアの鍵を閉めるから、あなたは床に坐って数えてて。うまくできたら、ご褒美《ほうび》をあげる。明日〈オスロシティ・ショッピングセンター〉のおもちゃ屋さんに行って、なんでも好きなものを買ってあげる。どう？」

「なんでも？」

「なんでも」

「へんなゲームだね。でも、わかった」

スサンヌは洗面所の薬品戸棚を開けて、マテアがまちがって閉じ込められてしまわないよう隠しておいた鍵を手に取った。

もう何度もしているかのように、無意識のうちに金属製の爪やすりを見つけた。

わたしは幻覚を見ているの？

答えはノーだ。

室内から音が聞こえてきた。キッチンだ。グラスが倒れる音。

「きっとトラヴァールよ」とスサンヌは自分に言い聞かせるように小声で言った。「じゃあ、数えて」マテアの頬にキスをした。

バーグマンのピストルは、廊下にあるジャケットの内ポケットの中だ。キッチンからまたしてもグラスの音がした。チャンスだ。

驚いたことにマテアはすでに床に坐っていた。早くも二十まで数えていた。

スサンヌは深く息を吸った。吐くと、自然と体が震えた。

両手にそれぞれ爪やすりと鍵を持ってドアを開け、居間のほうをうかがった。ドアを閉め、手の震えを抑えようとした。鍵がきちんと合っていないのか、なかなかまわらない。あたりを見まわしながら何度も試した。

ようやく鍵がかかった。

ズボンのポケットに鍵を入れた。

トルヴァール。彼はどうしたのだろう？　何かあったのか？

廊下を玄関のほうに向かい、振り返って居間を見た。誰もいなかった。トルヴァールもいなかった。白い顔の女は、トルヴァールが階下に向かうところを捕まえたにちがいない。

スサンヌは玄関で壁にぶつかった。玄関のドアが半ば開いていた。踊り場にトルヴァールの靴が見えた。動いている。ごぼごぼという音が聞こえたので、ドアの外をのぞいた。その音の出所はトルヴァールの咽喉だった。血があふれ出ていた。それでもまだ生きている。かすかな声で何か言ったが、スサンヌには聞こえなかった。そのあと知らない声がした。

「あなたがスサンヌね」

キッチンのドアのまえにいた。白い顔の女が立っていた。キッチンナイフを持った手をだらんと体の脇におろして。

氷のように冷たいものが体の中を走り抜け、スサンヌはこれまで経験したことがないほどの寒気《さむけ》を覚えた。

すばやく横に――壁のほうに飛んで、ジャケットの内ポケットに入れたバーグマンの小型ピストルを探った。落ち着いた手で安全装置をはずした。

「撃ちなさい」女はスサンヌのほうに迫りながら言った。たっぷりした毛皮のコートを着た彼女は、傷を負った捕食動物に似て見えた。かつては大変な美人だったのだろうが、今の彼女の顔は色を、そして命そのものを、失っていた。

「ママ」マテアがバスルームからスサンヌを呼んだ。

女はバスルームのドアのまえで足を止めた。

両手でピストルを構えた瞬間、スサンヌは相手が誰だかわかった。

そんな馬鹿な。お願い、やったのは自分じゃないと言って。

「あの子が聞いているあいだにわたしを撃って。そうでないと、あの子を連れていくわよ。

わかってるでしょ？　エードレ・マリアは悪い人なの。エリザベスにわたしは悪い人だって言われたの。わたしの名前は高貴という意味なのに。おかしくない？」

「エードレ・マリアは死んだわ」とスサンヌは言った。

「いいえ。エリザベスがわたしをつくったの」

「ちがう。あなたがエリザベスなのよ。ナイフをそこに置いて。そうしてくれたらわたしが助けてあげる。あなたには助けが必要なのよ」

エリザベス・トーステンセンは亡くなった姉、エードレ・マリアの人格を自分の中に取り込んだのだ。彼女はもはやエリザベスではない。エードレ・マリアだ。

「すぐ行くからね、マテア」と女は言った。マテアは黙った。

「娘を連れていくなんて。そんなことをしたらあなたを殺すわよ。わたしは本気よ。わかった？　撃つわよ」

「パパはわたしに触らなかった。一度も。エリザベスのほうがずっときれいだったから。だからわたしはエリザベスが嫌いだったの。あのあばずれ」次に蚊の鳴くような声で言った。

「父親なのに。わかる？」

「あなたを殺したのは誰？　誰に殺されたの、エードレ・マリア？」

彼女はさらに近づいてきて言った。

「あなたのことはファーバルグから聞いたわ。あの馬鹿な男。あなた、彼にわたしのことを訊いたでしょ？　彼はエリザベスの親友なの。夏のあいだ、サンバルグの病院で本を朗読してくれたんですって。エリザベスは彼に何もかも話した。あの淫売は何もかも話したの。彼だけに」

「ママ！」マテアが叫び、女のすぐそばのドアを叩いた。

「出ていらっしゃい」と女は言った。「いらっしゃい、わたしの可愛い子」

「マテア、返事をしちゃ駄目」スサンヌはピストルをおろしながら一歩ドアに近づいた。

「エリザベスはわたしに助けを求めたけれど、わたしは助けなかった。彼女とパパのこと、知ってたの。わかる？」

スサンヌはすんでのところでピストルを落とすところだった。

「お父さんが性的虐待をしていた？　そういうこと？」

「ママ、ママ」マテアのせっぱつまった声に、スサンヌはエリザベス・トーステンセンを撃って、娘をバスルームから助け出すしかないと思った。

「大丈夫よ」スサンヌは声をかけた。「すぐに行くから」

片手で尻のポケットから電話を取り出そうとしたが、うまくいかなかった。時間稼ぎに尋ねた。

「ファーバルグはエリザベスの友達なの？」

「ええ」

「エリザベスの友達なのね？　あなたに悪いことをさせているのは彼なの？」

彼女はうなずいて言った。

「彼がエリザベスに言ったのよ。わたしが悪いことをすれば、エリザベスは元気になるだろうって。彼はエリザベスを元気にさせたいのよ。やったのはわたし。エリザベスじゃないわ。わたしがあの子たちをおびき寄せたの。誰も女を犯人だと疑ったりはしない。それがファーバルグの企みだった」

「どうしてクリスティアンヌを殺したの？　エリザベスの娘だということはあなたも知ってたんでしょう？」

エリザベス・トーステンセンはスサンヌをじっと見つめた。スサンヌはそのときの彼女の表情を一生忘れないだろう。いっとき真の人格が前面に出てきそうになったのだ。が、結局、それは途中で終わった。なんとも言えない表情だった。

ピストルの銃把を持つ手が汗ばんだ。なんと言えばエリザベスはナイフを放すだろう？トルヴァールのもとにもすぐにでも行かなければ。

「でも、ファーバルグも死んだ」とエリザベスはぽつりと言った。

「彼はどこなの？」

「オーヴンの中よ」と彼女はほとんど聞き取れないような小声で言った。

バスルームの中ではマテアが静かに泣いていた。スサンヌは小さなピストルを握る手に力を込めた。

「オーヴンの中？」

「彼はもうエリザベスを元気にさせたくなくなったの。だからわたしが殺したの」

「どこで？」

「古い工場で。きっと見つけられるわよ。わたしたち、時々そこに行ってたのよ」

スサンヌは両手でピストルを構えて彼女に狙いを絞った。

「誰がわたしを殺したか知りたい？　エリザベスよ」やっと聞こえるようなかすかな声だった。「わたしの顔を石でつぶしたの。パパはわたしたちを北にやった。でも、彼女に触るのはやめなかった。彼女には友達がいたけれど、その友達も彼女を助けられなかった。その友達があなたの夫、トミーのお母さんなんですって。エリザベスはそう言っていた」そこでエリザベスは微笑んだ。

「トミーはわたしの夫じゃない」

「いいえ、夫よ。エリザベスはわたしの顔を石で潰した。わたしの顎をつかんで、顔がつぶれるまで何度も石で殴りつけたの」彼女は床にくずおれて、ナイフを放した。

「もう話すのはやめて」とスサンヌは言った。

マテアの泣く声が大きくなったが、スサンヌには聞こえていなかった。子供のように、まるでマテアのようにうなだれて床に坐っているエリザベスにゆっくりと近づいた。ナイフは手の届くところにあった。わたしにはできる。スサンヌは自分にそう言い聞かせた。階段から靴音が聞こえた。何人かいる。携帯無線の音。指令の声。

「わたしが助けるわ、エリザベス。あなたを助ける」

「エリザベスは私を殺した！」彼女は叫んだ。

最初は何も感じなかった。一瞬のことで、何が起きたのかわからなかった。脚に震えが走り、続いて切り落とされたのではないかと思えるほど鋭い痛みが走った。スサンヌはピストルを持った手を下にして床に倒れた。エリザベスは立ち上がり、ナイフを手に覆いかぶさるようにスサンヌを見下ろした。

あれはわたしの血だ。スサンヌはそう思ったあと気を失った。

「ごめんなさい」エリザベスはそう囁いてからナイフを振り上げた。「でも、あなたの娘はエリザベスに似てくるはずよ。わからなかった？　あの子を生かしておくことはできないの。ファーバルグがそう言った。あの子を生かしておいてはいけないの」

スサンヌは意識を取り戻し、左に体をひねった。聞こえるのは自分の脈だった。マテアの声も階段をのぼるブーツの靴音も聞こえず、ただ、自分のこめかみと胸と咽喉で血管が脈打つ音しか聞こえなかった。倒れたときに腕を折ったかと思ったが、ちゃんと上げることができた。

一発の銃声のあと静寂が訪れた。エリザベスの右眼が消えた。噴き出す血がスサンヌの足と腹に落ちた。もう一発撃った。今度はバーグマンに言われたように腹を狙った。

エリザベスはナイフを落として倒れた。彼女の頭がぶつかって、スサンヌは自分の肋骨《ろっこつ》が折れたのがわかった。

静かだった。

階段からの足音は聞こえなかった。

バーグマンはいなかった。

マテアがまた泣きだした。

スサンヌは自分の上に倒れている死体をどかそうとした。が、どかせなかった。左脚が焼けつくように痛み、右腕は動かなかった。

「今行くから」声がかすれた。大きな声を出そうとしたが、出てこなかった。服は血に濡れ、腕は死んだ女の頭の下敷きになっていた。今、スサンヌにできるのは囁くように言うことだけだった。「今行くから、マテア。今行くから」

トルヴァールのことを思った。彼はまだ踊り場で倒れているはずだ。

もう一度声をあげようとしたが、かぼそい声しか出なかった。

ドアが開いた。パンジャブ語だろうか、外国語で叫ぶ声が聞こえた。その声は複数だった。

61

五日後

選手のひとりがボールをクロスバーにあてた。バーグマンの眼が覚めたのは数少ない観客の反応にちがいない。

最初は歓声、続いて落胆の声。

ボールが木にあたる音とスタンドで見ている選手の親たちの声がそこでようやくバーグマンの耳に届いた。現実が二秒遅れて訪れたかのように。

バーグマンはベンチから立ち上がった。まだ頭がぼんやりしていたが、少なくとも試合の流れはつかめた。スコアボードを見上げて、試合まえにハジャに会ったときのことを思い返した。新しいボーイフレンドと一緒だった。一瞬動揺した。が、別にいいじゃないか。と思い直した。彼女とはきちんとつき合ったとすら言えないのだから。一年半近くまえのことだし。要するにおれは馬鹿だったということだ。

すぐにどうでもよくなった。そもそも何か別のことのせいで、バーグマンは感覚が麻痺したようになっており、心ここにあらずといった状態だった。

「もっと速くボールをまわせ」と叫んで合図した。数秒後、マティーネがゴールにボールを叩き込んだ。バーグマンはアシスタントコーチとハイタッチをすると、酔っぱらいのようにどすんとまたベンチに腰をおろした。

昨日の最終便でトロムソから帰ってベッドにはいったものの、一睡もできないまま朝八時にオスヴォルのセラピーに行った。眠れなかったのは当然だ。

「おれ自身がリングヴォルかサンバルグに入院すべきだったんだと思う」とバーグマンは言った。オスヴォルは何も答えなかった。バーグマンは精神科医のその沈黙を自分に都合よく解釈した。

トロムソではアレクサンデル・トーステンセンに会った。会うのは二度目だったが、すでにわかっていること以上の収穫はほとんどなかった。ただ、クリスティアンヌの死後、エリザベスが入院していたのはフレンズビーではなくリングヴォルではなかったのか。それが知りたかった。それと一九七〇年代にサンバルグの病院にいたのかどうかも。この国の医療制度改革のおかげで、統合失調症と思われた症状を抱えた彼女は、ノルウェー東部の半分を移動しなければならなかった。アレクサンデルは、医療制度の現状を考えれば、母が必要とした助けが得られなかったことは驚くにあたらないと言った。それに、彼女の病気に正しい診断をくだすことは誰にもできなかっただろうとも。二重人格だったことはほぼまちがいない。長いこと、統合失調症と多重人格は関連すると考えられてきたが、今ではそれがまちがいであることがわかっている。多重人格を持つ患者には、最悪の場合、複数の人格の存在に気づいており、精神病のふりをしてそれらを隠すことができる。母は診断する医師にとって不可解な患者だったにちがいない――アレクサンデルはそう言った。

「ただ、ヨン＝オラヴ・ファーバルグにはあなたのお母さんのことが手に取るようにわかった」とバーグマンは言った。

アレクサンデルは言った――ファーバルグは母が初めて出会った信頼できる大人だったんでしょう。母は彼にだけほんとうの自分をさらけ出すことができた。母のような生い立ちと病状を持つ人間は、ファーバルグのような人間につけこまれやすいんです。

サンバルグ精神科病院の人事記録を調べたところ、ファーバルグはハーマルの教員養成大学在学中に、夏や休暇時の臨時職員としてそこで働いていたことがわかった。さらに月に一度満月の日には、病院は人手を常に必要としていた。

クリスティアンヌは――アレクサンデルは続けた――ファーバルグを好きになり、スコイエンまで会いにいったんでしょう。母はそれに気づいたにちがいない。今のアレクサンデルは、母親が亡くなってむしろほっとしているようだった。大勢の少女たち、そして妹まで、殺したのは彼の母だったのだ。安堵《あんど》するアレクサンデルを誰が責められる？

マティーネがまたゴールを決めた。九メートルラインからの前腕投げ。バーグマンはそれを見るともなしに見ていた。拍手はしたが、自分の手ではないような気がした。

この日はそのあと、モッテン・ホグダの取り調べに終始した。

ホグダも最後には取調室で折れた。八歳か九歳の頃から父親に性的虐待を受けていたとエリザベスから聞いたこと。誰にも言わないようにと彼女に言われたこと。彼女の父親は姉には決して手を出さなかったことから、彼女は自分を穢《けが》れていると考えるようになり、さらに少女はみな、自分と同じ穢れた売春婦だと思うようになった。自分に生きている資格がないのと同じく、少女たちにも生きている資格はない――彼女はいつしかそう思うようになった――。

「あなたはそんな彼女を助けるのではなく、よけい穢した」とバーグマンは言った。

その非難に対して、ホグダは時々エリザベスを怖く感じることがあったと言った。彼女の眼の奥に、うまくことばにできない何か恐ろしいものが見えることがあったと。自分にはよく見えない、もうひとつの顔があるように感じられたのだと。実際、そのことを彼女に話し、また入院して医師にすべて話したらどうか勧めたこともあったという。ところが、彼がそう言うと、彼女はいきなり怒り狂った。ホグダはそのとき思ったそうだ。もしかしたら、自分のほうが騙《だま》されているのではないかと。ずっと自分がエリザベスを利用してきたと思っていたのだが、実はその逆だったのではないかと。彼女のほうがホグダを罠に誘い込んできたのではないか。リトアニア人少女が殺された夜、ラディソン・ホテルでの逢瀬に遅れてきたのは彼ではなかった。

「なのに、その二日後、彼女が電話をかけてきて、どうしてあんなに遅れたのかと訊いてきた。私は、二時間半以上も遅れてきたのはきみのほうだと言った。すると、彼女は子供みたいに泣きだした。彼女は昔からおかしいところがあったが、ここまでとは……」

バーグマンはただ首を振った。そのあと、ホグダに四枚に渡る手紙を手書きで書かせた。問題の手紙を書いたのが彼である可能性を除外するためだった。取調室に戻り、それを一目見て思ったとおりの結果だったことがわかると、紙をまるめてゴミ箱に放った。

エリザベス・トーステンセンは死んだ。ヨン＝オラヴ・ファーバルグはその彼女に殺された。アンデシュ・ラスクはトロンヘイムで今も昏睡状態にある。ファーバルグの遺体はまだ見つかっていない。エリザベス・トーステンセンが言ったのは、〝古い工場〟ということだけだ。さて、どこから始める？

やっと試合が終わった。バーグマンは引き分けに終わったのをぼんやり意識した。アシスタントコーチにあとを任せ、さっさと体育館をあとにしようとした。が、あいにく何人かの保護者につかまり、今シーズン世話になったという礼と、よいクリスマスをという挨拶を受けた。

ハジャがボーイフレンドを連れて、彼に追いついて言った。

「久しぶり。トマスを紹介したくて」

バーグマンは手を差し出した。トマスは若くてハンサムで、細身だった。着ている服が実にぴたりと合っている。XLでもなおきついトレーニングウェアを着た、古代生物の化石みたいなバーグマンとは大ちがいだ。

それでも何も感じなかった。それはいいことなのだろう、たぶん。バーグマンは思った――おれにとってハジャはなんでもなかった。そういうことじゃないか？

体育館を出ると、彼女はバーグマンをハグした。吹雪の中であの夏と同じように彼女の髪が躍った。

「元気だといいんだけど。いいクリスマスを」

トマスが彼女に腕をまわし、ふたりはショッピングセンターの階段をのぼっていった。吹雪の中、バーグマンは火のついていない煙草を手にしばらくその場に佇み、地下鉄の駅の横に何台も停まっているバスと、プラットフォームにいる大勢の客を見つめた。

クリスマス。クリスマスなのか？

スサンヌが撃ったのがエリザベスの脚だったらよかったのに。いや、そんなことを思ってはいけない。

火のついていない煙草を捨て、駐車場に向かった。若い男と一緒にいるハジャの姿が頭に残った。元気だといいんだけど。いったい彼女はどういう意味で言ったんだ？

ポケットの中で電話が鳴り、一度陥ったらクリスマスのあいだずっと離れないに決まっている憂鬱な気分からバーグマンを救ってくれた。

「トミー？」通信司令部のレイフ・モンセンだった。

バーグマンは駐車場の階段の途中で足を止めた。頭上から弱い光が射しており、バーグマンは落ちてくる雪片を眼で追った。

「今フリュシャにいる。古い煉瓦《れんが》工場だ」

バーグマンは最後の数段を駆け足で上がった。モンセンが何を言おうとしているか、聞くまえからわかった。

「こっちに来たほうがいい。一時間ほどまえに、ふたりのポーランド人労働者が窯のひとつの中に子豚を見つけた」

「子豚？」

「死んだ人間を焼いたところなんか想像したくないんでね。わかるだろ？　残骸は子豚にそっくりだ。ただ、ひからびた人間の頭がついてるが」

十五分後、バーグマンは閉鎖されたフリシャの工場の門のまえに古いエスコートを停めた。その昔バーグマン自身が経験豊かな捜査官たちにしたように、若い制服警官が立入禁止テープを持ち上げてくれた。古い入口の頭上には、作業用ライトがひとつだけ点灯していた。〈ホグダ不動産開発〉と書かれた看板がかろうじて見えた。

広い工場の入口ホールには、若い警官のほかにモンセンと近隣に住む鑑識班のゲオルグ・アーブラハムセンもいた。窯の扉が大きく開いていた。バーグマンはふたりのポーランド人とモンセンにうなずいてから、アーブラハムセンがライトを取り付けようとしている窯のほうに歩いた。

「持っていてくれ」アーブラハムセンはバーグマンにそう言って、スタンドの一部らしき金属の棒を手渡した。洞窟のような部屋に、天井近くの割れ窓から冷たい風が吹き込んでいた。エリザベス・トーステンセンはここを知っていたにちがいない。ホグダから聞いていたのだろう。

しかし、どうしてこんなことがやれたのだろう？　そんなに時間があったはずがない。まずファーバルグの妻を殺し、続いてファーバルグを殺す。さらに彼女の仕業だと仮定してのことだが、ソフィエミールで少女を誘拐する。そして、スサンヌのアパートメントに現われる。

絶対に無理だ。

アーブラハムセンが窯の中に頭を突っ込んだところで、バーグマンは言った。

「まず死体を中から出さなきゃ」

アーブラハムセンは何も言わなかった。

バーグマンは窯を眺めて、エリザベスがひとりで死体をここに入れるさまを思い浮かべた。開いた扉から死体を転がしながら入れたのだろう。扉の横の装置もきわめて単純だ。電源スウィッチ、サーモスタット。キッチンのオーヴンと同じだ。

アーブラハムセンは、ピッツェリアで使われるものにそっくりなスコップを手にしていた。

しばらくのち一同は縮んだ死体をまえにしていた。かつて人間だったとはとても思えなかった。

「身元確認には時間がかかるだろうな」とアーブラハムセンがしゃがみながら言った。死体の小さな体は、バーグマンの眼には子豚より地球外生物の焼死体のように見えた。いずれにしろ、見て気持ちのいいものではない。

「いいにおいはしないな」とアーブラハムセンは鼻を近づけて言った。「歯が全部抜かれている」人間の顔だったところに懐中電灯の光をあてて、そうつけ加えた。

「じゃあ、誰だかわからないってことか」とバーグマンは言った。「しかし、歯を全部抜いたということは、身元確認作業をできるだけ困難にしたかったのか」

「特定もできなくはないが、手間取ることだけはまちがいない」

「しかし、エリザベス・トーステンセンが、いったいなんのためにファーバルグの歯を抜かなきゃならないんだ？」

「時間稼ぎのため」

「なぜ時間を稼ぐ必要がある？　彼を殺したと、自分からスサンヌに明かしたんだぞ」

「コルボトンの女の子だろうか？」アーブラハムセンはひとりごとのように言った。

「女の子？」背後のどこかから声がした。建物のドアが音をたてて閉まり、風がバーグマンのジャケットのフードを頭の上まで煽った。バーグマンはアーブラハムセンの許可を求めることなく煙草に火をつけた。

「これがヨン＝オラヴ・ファーバルグなのか？」フレデリク・ロイターが背後から現われた。今にも焼死体を蹴飛ばしかねないような顔をしていた。

「歯が全部抜かれています」とバーグマンは言った。

「これはファーバルグだ。まちがいない。おれが死亡証明書を書いてもいいぐらいだ」とロイターは言った。

「これがソフィエミールの十三歳の少女でないなら」とバーグマンは言った。「アマンダでしたっけ？」

ロイターの顔色が白から赤に変わった。

「おれのクリスマスを台無しにしないでくれ」

「アンデシュ・ラスクは利用されたんだとは考えられませんか？　そう、利用されたのは彼だけじゃないと？」

「せっかくうまくまとまった話になっているのに、けちをつけるな。おお、そうだ、言うのを忘れてた、メリークリスマス、トミー」

今ロイターに何を言っても無駄だ、とバーグマンは思った。ロイターは平和にクリスマスを祝いたいのだ。それを言うなら、おそらくおれ自身も。

古い工場にはいって一時間ほど経つと、バーグマンには何もすることがなくなった。あとは鑑識だけの仕事だ。ロイターはと言えば、クリスマス以外のことを話すのを頑なに拒んでいる。

それでも思いは消えなかった。ゲオルグ・アーブラハムセンが窯から引きずり出したのは、ほんとうのところ誰なんだ？

いや、信じない——自宅まえのめったに空きのない駐車スペースに車を停めながら、バーグマンは思った——おれは信じない。

郵便受けの中を見た。空《から》だった。

「助かった」と小声で言った。

自分のアパートメントにはいると、キッチンからナイフを取り、部屋から部屋へと見てまわった。最後にバスルームのドアを足で開けた。ヘーゲが去ってからずっとそうだったように、誰もいなかった。少なくとも、錠を替えてからずっとそうだったように。

おれは何かまちがっている。アンデシュ・ラスクやエリザベス・トーステンセン同様。

コンピューターのまえに坐り、コルボトンの十三歳の少女の記事を読んだ。〝アマンダ（十三歳）失踪〟。見出しにはそうあった。学校の個人写真が画面いっぱいに現われた。アマンダが森の中を歩いているところを思い描いた。身長はせいぜい百五十センチちょっと、やや痩せ型。恐怖で麻痺した彼女にどんな抵抗ができただろう？　何が起きているかもわかっていなかったかもしれない。三十秒。それですべて終わったのだろう。彼女に必要だったのはたった三十秒。

彼女？

やはりエリザベスか？　紙に時系列表を書こうとしたが、始めるまえにあきらめた。

エリザベスひとりで？

ありえない。どうしてロイターにはそれがわからないんだ？

画面の少女の顔をしばらく見つめた。ハート形の顔、涙のしずくのような形の眼、ほぼ完璧な歯。エリザベスはずいぶんまえから彼女に眼をつけていたのだろうか。大人になったら美人になると思われる顔だちだ。この時点でも充分美しい。エリザベスを刺激するには充分。いずれ男たちが彼女を求めるようになるだろう。いや、すでにそうなっていたのか。

理由はわからなかった。それでもバーグマンにはアマンダがまだ生きているような気がふとした。

十分かけて警察本部まで行った。マルモヤのファーバルグの家の鍵をつかみ、努めて何も考えないようにして本部を出た。

62

取り憑《つ》かれたように車を走らせた。次第に辻褄《つじつま》が合ってきた。オルモヤ島とマルモヤ島をつなぐ橋を走りながら、すべてはっきりしたと思った。

車内灯をつけたまましばらく車の中にいた。時系列表を改めて手帳に書きはじめた。もっとまえにやるべきだったのだ。この事件の捜査では数々の誤りが生じたが、誤りはまだ尽きていないような気がした。

彼らは少女たち全員をふたりで一緒に殺したのだろうか？　エリザベスがスサンヌに言ったこと——彼はもうエリザベスを元気にさせたくなくなった？

室内灯を消して煙草に火をつけた。

アマンダはどこにいる？

アスゲイル・ノーリはネースオデンに使っていない別荘を持っていた。ヨン＝オラヴ・ファーバルグは二軒、ヤイロとヴァーレルに持っていた。どちらもやはり使っていない。

少女にはボーイフレンドがいるにちがいない。バーグマンは煙草を窓から投げ捨てた。その存在を誰にも話したくなかったボーイフレンドが。

そこが事件をなによりややこしくしている。

長いこと家の外に停めた車の中に坐ったまま、ファーバルグの家の窓をひとつずつ見ていった。あの中にはいっていったら、誰かがいるような気がした。トチ狂った妄想ながら、どうしてもその思いが消えない。火器携帯許可の要請をしたほうがいいだろうか？　面倒な状況に陥ってはいるが、スサンヌにピストルを渡したことは後悔していない。それが彼女の命を救った。渡した甲斐《かい》があろうというものだ。たとえそれで自分が仕事を失うことになっても。

前週と同じように家の裏側にまわった。居間の窓に顔をつけると、ファーバルグの妻がまだそこに倒れているのではないかという気がした。

裏から正面に戻って、玄関に張られた立入禁止テープをはずし、錠に貼ってあるシールも鍵ではがした。

中にはいると、青いシューズカヴァーを履いて、ドアの横の箱からヘアネットを引き出した。数歩踏み出すと、壁板が軋んだ。

「くそ」ひとりごとを言い、〈マグライト〉で中を次々に照らした。キッチン、書庫、あの頭のおかしな詩人フレーディングの写真、書斎、居間。

書斎に戻り、デスクまえの椅子に腰をおろした。懐中電灯の光は闇を切り裂いてくれても、部屋の隅々はよく見えなかった。テーブルに置かれたファーバルグの息子の写真に光をあてた。写真の中の彼は十二、三歳だった。今はいくつになっているのだろう？　明日電話をかけてみよう。ファーバルグの元妻とはすでに何度か話していた。クリスティアンヌがスコイエンに行ったあの土曜日、元妻は自宅にいなかった。その日は夫婦喧嘩をして、三歳の息子を連れてホルメストランの母の家に行っていたという。

望みはない。そう思いながら緑の卓上ライトをつけた。自分が何を探しているのかもわからなかった。

いや……。もちろんわかっている。

卓上ライトを消し、照明をつけずに慎重に二階に向かった。体の重みで階段の板が音をたてた。途中で立ち止まり、うしろを振り返った。何も聞こえない。玄関のドアには鍵をかけてきた。かけてきたはずだ。

二階のバスルームの蛍光灯のスウィッチを入れた。数回またたいてついた。鏡に映る自分を見つめながら、スサンヌが鏡の中にエリザベスの顔を見たときのことを思い出した。

薬戸棚を開けてみた。ファーバルグのものと思われる髪がからまったブラシと櫛《くし》があった。そのふたつを〈ジップロック〉の袋に入れた。次に、洗濯物入れから洗っていない服を床に広げ、ファーバルグのパンツを二枚取り上げ、別の袋に入れた。明日、ロイターに隠れてでもアーブラハムセンに頼んで〈クリポス〉に分析に出してもらうつもりだった。

私道を出たところで電話が鳴った。車を停めてバックミラーを動かした。自分でもなぜかわからないが、電話で話すあいだ暗い家から眼を離したくなかった。突然、どこかの窓の中で明かりが灯るのではないか。そんな気がしたのだ。

メッセージはスサンヌからだった。夜の十時半。

〝寝てます？〟

〝いいや〟

三十秒後に電話がかかってきた。

「大丈夫か？」

「ここにいるのは嫌です。でも、病院も嫌」

「わかるよ。何か要るなら言ってくれ」

彼女は答えなかった。

「トルヴァールはどうだ？」

「命は助かりました。歩けるようになるのにはけっこうリハビリが必要らしいけど、彼なら大丈夫でしょう。クリスマスが終わったら一緒にお見舞いにいってもらえます？」

バーグマンはすぐには答えなかった。彼女のことばそのものではなく、声の調子が気になった。ほんとうに一緒に行ってほしいようだった。バーグマンと一緒にいたいようだった。

馬鹿なことを考えるな。

「わかった」そう答えた。「もちろん行くよ」

「明後日の予定は？」

「明後日？」

スサンヌは笑った。人の注意を自分に向けさせようとするいつもの笑いではなかった。もっとおだやかでひかえめだった。バーグマンにも耐えられる笑い声だった。

「あら、クリスマス・イヴですよ」

バーグマンは思った、おれに家族がいないことはきみもよく知っているだろうに。

「その日は……」ポーカーフェースで何か嘘をひねり出そうと思ったものの、そもそもポーカーなどやったことがない。「何もない」

「ひとりで家にいちゃ駄目です。それは許しませんから、トミー」

バーグマンは何も言わなかった。

「マテアはピンクが好きです。ピンクならなんでも」

63

バーグマンにとってここ数年、いや、少なくとも子供の頃以来、最も愉しいクリスマス・イヴとなった。スサンヌは愉快で、料理もうまかった。バーグマンは、ほかに行くところがないことを気の毒に思われて招かれたのではなく、この場に望まれて呼ばれたような妙な気分が味わえた。

どういうわけか、彼女の娘のマテアは、かえって心配になるほどバーグマンを信頼しているようだった。よく知らないが、たぶん誰に対してもそうなのだろう。バーグマンは初めて自分が子供を持つことを考えた。おれが？　いや、忘れろ。すぐにそう打ち消しはしたが。

マテアはクリスマス用のドレスを着たまま眠ってしまい、バーグマンは部屋まで抱いていって、しばらく眠っている彼女を見つめた。あくまで無邪気なその存在は、数分一緒にいるだけでも心が暖かくなった。警察の仕事は人間を駄目にする。それでも世界はそんなに悪いものじゃない。いや、まったく悪いものじゃない。

バーグマンが戻ると、スサンヌは未開封のワインのボトルを持ってキッチンに立っていた。その顔を見て、もう帰るべきだと悟った。

「もうすぐスヴァインが来るんで、二本目はまた今度ってことで、トミー」彼女は微笑もうとした。

バーグマンは首を振った。「スヴァイン？」それから気づいた。「フィンネラン？」

彼女はうなずいて顔をしかめた。話したくないようだった。「その、このところ揉めごとが多いみたいで……」そこでことばは切れた。

「とにかく帰るよ」

スサンヌは笑った。「来てくださってありがとう」

「呼んでくれてありがとう。あまりおれらしくない台詞だけど」

彼女は玄関まで送ってくれた。思った以上にしっかりした足取りだった。

「そのギプスはきみによく似合ってる」

彼女はまた笑った。認めたくないが、バーグマンは彼女の笑い方が好きになっていた。それに彼女の眼も。

「フィンネランの揉めごとの相手はもちろん奥さんなわけだ」

スサンヌはバーグマンに腕をまわして長いハグをした。「あなたはいくつ？」

「来年四十になる。正確に言えばあと二ヵ月で」

「完璧」バーグマンの頬を撫でながら彼女は言った。「わたしたち、一緒になったら完璧だと思いません？」

バーグマンは眉をひそめ、そのあと肩をすくめた。

「人生は完璧じゃないけど」

「そのとおりだ」もうこれ以上飲むべきじゃない。彼はそう思った。

「スヴァイン・フィンネランか」建物の入口の鍵を探りながら、バーグマンはひとりつぶやいた。掲示板のまえで足を止めた。〈プロパティ・サーヴィス〉からの新しいお知らせが貼ってあった。エリザベスはそこで働いていた。おれはなぜこの線をたどらなかったんだ？

郵便受けを鍵で開けた。

チラシが二枚。それに白い封筒がいくつか。

どれも消印はリレハンメルで、十二月二十日、四日まえの日付だった。全部で二十。普通郵便だった。配達が遅れたのはそのせいだろう。筆跡は全部同じだった。もちろん、まえにも見たことがある筆跡だった。

一通目を鍵で破いて開けた。はいっていたのは、その辺のコンビニで買える安物のクリスマスカードだった。カードを開くと、紙切れが汚れた床に落ちた。古いモノクロ写真のコピーで、眼鏡をかけ、白いタイに燕尾服《えんびふく》姿の若い男が写っていた。グスタフ・フレーディングが。

バーグマンは、カードの内側にびっしり書かれた文章を読んだ。

見ていて非常に興奮したよ。スサンヌ、そう名乗っていなかったか？　私はあの演技を知っている。エリザベスはエードレ・マリア以外誰も殺していない。が、毎回見ていた。それで元気になれると私は言い、彼女はそれを信じた。そうしていれば、エードレ・マリアが自分の体から去っていって二度と自分に取り憑かないと思っていたのだ。彼女は、彼女たちの声や彼女たちがたてる音を録音したカセットを持ってきた。それがわれわれの音楽だったんだよ、トミー。彼女はトンスベルグから電話をかけてきて、殺したい女の子を見つけたと言った。彼女はモッテン・ホグダと別荘にいた。で、ある日町でその子を見かけると、家まであとを尾《つ》けた。彼女はモッテンとともにその子を穢した。彼女は自分でもわかっていた。私が彼女に求めたことはすべてやった。そのことはちゃんとわかっていた……きみには決して理解できないだろうが、それが私に力を与えた。彼女がほんとうに私を殺したと思うか、トミー？　私が初めてサンバルグの彼女の病室にはいったそのときから、おそらく彼女は私を憎みはじめた。それはもちろん、私がクリスティアンヌも生贄《いけにえ》にしなければならないと説得したからだろう。クリスティアンヌはおまえそっくりになるだろうと言って。兄に体を売る、いや、私に体を売るようになるだろうと。エリザベスが父親にしたように。浮ついた女たち。連中が世界を駄目にする。いや、女そのものが世界を駄目にするのだ。結局、女はみな同じだ。そのことはきみも理解するべきだ。ほかに理解するべきことなどこの世には何もない。それに、あのフールバルゲの馬鹿……。サンバルグで一緒に仕事をしたのに私を覚えていなかった。エリザベスがやつを騙したのも不思議ではない。きみがクリスティアンヌを発見したあと、エリザベスは心を病んで入院した。あの馬鹿はその事実に眼を向けたくなかったんだろう。きみは私を見つけたら、彼女のカルテも見つけるだろう。それで何かがわかるわけでもないが。

きみにもっと話すこともできる。きみが正しい場所を探すなら。

自分を信じるんだ。

そうすれば私を見つけられるだろう。いつか。

バーグマンはもう一度読み返し、頭を振った。支離滅裂で話がつながらないところが一部ある。が、それ以外はすじが通っている。もっとも、真実ならの話だが。

カードを封筒に戻した。そして次の封筒を開けた。

空《から》だった。

そのあとの十七通もすべて空だった。

最後の一通を開けるまえにためらった。一通目と同じカードだった。リースのまえにろうそくが描かれたクリスマスカードだった。筆跡も同じだった。

悪魔の顔。
私はどこにいる？
魂は燃えたぎり、血は沸き立つ。
トミー、私はどこにいる？

64

　バーグマンはスサンヌに電話をかけた。眼を閉じると、彼女が隣りにいるように感じられた。彼女のにおいが鼻腔を満たす。彼女のことは好きでもなんでもなかったのに。

「もしもし」少し鋭い声だった。スヴァイン・フィンネランがいるのだろう。まあいい。人の好みはそれぞれだ。

「いや、いい、気にしないでくれ」

「何かあったんですか？」

　クリスマスカードのことを思った。筆跡は、アンデシュ・ラスクの血のような赤い本に隠されていた手紙とはちがっていた。バーグマンが受け取った手紙に似ていた。そのとき気づいた。ラスクに手紙を書いたのはエリザベスだが、ファーバルグが口述して書き取らせたのだ。彼が彼女の口にことばを吹き込んだのでなければ。

「いや、気が変わった。今度話すよ」ドアの鍵をしっかり閉めておくように――そう言いたかったのだが、結局、何も言わなかった。ファーバルグはマテアには執着していないようだが、スサンヌのほうはどうだろう？

　地下の収納室も含め、自宅のすべての部屋を確かめてから、コンピューターのまえに坐ってグスタフ・フレーディングについて検索した。〝一八九〇年代初頭、フレーディングはノルウェー、リレハンメルのスッテスタにあるサナトリウムに入院していた〟とあった。スッテスタへのリンクをクリックした。市《まち》から三キロほど離れたその場所には小さなホテルが建っていた。リレハンメルの街並みとローゲン川を望む広い部屋が六部屋だけのホテルだ。

自分がしようとしていることをとくと考えるまえに、気づくと一段飛ばし階段を降り、外に出ていた。シェズモーコーセの〈シェル〉のガソリンスタンドに着いて初めて、武器を持っていないのを思い出した。今夜死ぬなら、それにはきっとなんらかの意味があるのだろう。そう考えることにした。

クリスマスの朝が近づいていた。E6号線はがらがらだった。古いエスコートが耐えられる最高速度である時速百三十キロで飛ばすことができた。

スッテスタのサナトリウムがあった場所に車を乗り入れたのは午前三時半。倉庫の隣りに停めた。掻き集められた雪がいくつもの大きな山になっていた。凍った雪が足の下で大きな音をたてた。誰か起きていたら、閉じた窓越しでもその音が聞こえただろう。

白い大きな建物の横に、どれもリレハンメルのナンバープレートがついた車が三台停まっていた。正面の入口への階段を慎重にのぼり、何度かドアを強く叩いた。それから、バルコニーから吊るされている呼び鈴を鳴らした。古い建物の中で呼び鈴の音がこだました。

何も考えないようにしながらまたドアを叩いた。

三十秒後、二階からぶつぶつ言う声が聞こえ、続いて誰かが階段を降りてきた。

「なんの騒ぎだ？」ドアの向こうから声がした。

ドアの錠がゆっくりまわった。

「いったいなんだっていうんです？」険しい顔でバーグマンを見ながら男は言った。

バーグマンは警察の身分証を見せた。

「ここ二、三日のうちに宿泊客はありましたか？」

「それはうちの子たちを起こしてでも訊く必要のあることなんですか？」

「オスロから来ました。大事なことなんです」

男はバスローブの腰ひもを締めて首を振った。

「私は息子と一緒にロンドンまでサッカーの遠征に出ていたものでね。でも、客はなかったと思いますよ。女房に訊いてみるけど」

男はドアを閉めた。バーグマンは外の階段に立って待った。しばらくすると、また階段を降りる足音が聞こえてきた。男は、彼より二、三歳若く見える妻と一緒に玄関まで戻ってきた。キモノ姿の彼女は玄関口で寒そうだった。

「いいえ。誰も来ませんでした。この時期はそんなに人は来ません」

「悪いね」と夫が言った。「できれば協力したいところだけど」

バーグマンはドアを閉める妻の眼をじっと見つめた。彼女は嘘をついている。それがわかるほどにはバーグマンも長く警察にいた。彼女は死ぬほど怯えている。

　ゆっくり車に戻った。煙草に火をつけてから車に乗った。車内はまだ暖かく、エンジンをかける必要はなかった。二本目の煙草を吸いおえたところで、玄関の明かりがつき、ドアが開いた。

　バーグマンは車から降りて彼女に数歩近づいた。彼女はダウンジャケットのフードを引っぱり上げながら走ってきた。そして、白い息を吐きながら助手席に坐った。

「夫はすぐにまた寝てくれました」

　彼女はグラヴボックスの上に乗った〈プリンス〉のパッケージを指差した。バーグマンは火をつけてやった。彼女は黙ったまま半分まで吸ってから言った。

「男性がひとり来ました。彼女はヴィーダル・オストリと名乗っていて、支払いは現金でした」

　彼女はまっすぐまえを見つめたまま低い声で言った。

「いつです？」

「二日まえ。奥さんに追い出されたって言ってました。考える時間が欲しいんだって」

　バーグマンは深く息を吸った。彼女はバーグマンに顔を向けた。

「誰なんです？」

「どの部屋に泊まりましたか？」

「隅の大部屋です」

「その部屋を見せてください」

彼女は首を振った。

「なぜです？」

「言えません。殺されてしまう」

「どういうことです？」

「誰にも言わないで。部屋は見せますから。でも、あなたが来たことは誰にも言わないでください」

バーグマンは車のドアを開け、室内灯がつくと彼女を観察した。三十そこそこで、思ったより若かった。ふたりは車を降りた。

周囲は真っ暗だった。遠くで瞬く街の灯りが別の惑星のもののように思えた。彼女は本館の切妻壁までバーグマンを案内した。そこに宿泊棟の入口があった。

「ここは昔サナトリウムだったんですよね？」二階への階段をのぼりながらバーグマンは尋ねた。

「ええ。それを考えると、ちょっと気味が悪くなることがあります。夜になると時々音が聞こえるような気がすることもあるし」

暗い廊下を進んだ。彼女はつきあたりの部屋の照明をつけた。壁の二面に窓がある広い部屋だった。

「シーツの交換をしようとしていたんです。二泊分の料金をもらっていましたから」

「それで？」

「彼が部屋にはいってきました。物音ひとつたてずにそっと。そして言ったんです。自分がここに泊まったことを誰かに話したらわたしを殺しにくるって。そう言うと、しばらく部屋の真ん中に立っていました」

「誰かに話しましたか？」

「誰にも」

「ご主人にも？」

「ええ。夫はすぐにかっとなる人だから、その男性を探そうとするにちがいありません。あ、神さま。うちには子供が三人いるんです。もう夜も眠れなくて」

バーグマンは彼女の肩に手を置いた。

「彼はもう来ませんよ」

彼女は涙をこらえきれずに眼を閉じた。

「どんな車に乗っていましたか？」

「青だったと思いますけどはっきりとは覚えていません。グレーだったかも。彼はものすごく怖かった。でも、同時にすごく落ち着いてもいました」

「青？」

バーグマンは彼女から眼をそらして街を眺めた。今夜捜索を始めなければ望み薄だろう。いや、やっても無駄だという気がした。

「二日目の朝、彼の車にうちの犬がすごい勢いで吠えかかったので、犬を中に入れなければなりませんでした」

「どんな車です？　なんとか思い出してください。型とか大きさとか」

「配達用の車でした」と彼女は低い声で言った。「配達用のヴァン。かなり大きかったわ」

アマンダ。彼女は生きている。バーグマンはそう思った。

窓を開けて留め具で固定した。冷たい風が吹き込んできて、呼吸が楽になった。この部屋にいると、息がつまりそうだった。窓から身を乗り出し、冷たい霧のおかげで筆で描いたようにぼやけて見える街の明かりを眺めた。

「犬が車に吠えかかった――？」

「普段は絶対にそんなことしないんです。でも、マーキングもしていました。狩りのときにするみたいに」

探しものは数分で見つかった。ナイトテーブルの一番上の引き出しのくたびれた旅行者用パンフレットの下にクリスマスカードが一枚はいっていた。郵便受けにはいっていたのと同じものだった。

筆跡も同じだった。

魂は燃えたぎり、血は沸き立つ
トミー、私はどこにいる？

地獄が口を開けている　下

Helvete Åpent

2023年10月9日　初版第一刷発行

著者……………………ガード・スヴェン
翻訳……………………田口俊樹《たぐちとしき》
校正……………………山本順子《やまもとじゅんこ》
デザイン………………坂野公一《さかのこういち》（welle design）
本文組版………………岩田伸昭《いわたのぶあき》

発行人…………………後藤明信
発行所…………………株式会社 竹書房
〒102-0075
東京都千代田区三番町8-1
三番町東急ビル６F
email：info@takeshobo.co.jp
http://www.takeshobo.co.jp
印刷・製本……………中央精版印刷株式会社